익사 연습

서문

'탄생'을 쓰려다가 자꾸만 '탄식'을 적곤 했다. 한 글자 차이였다. 그러나 그 한 글자를 바꾸는 데 필요한 시간이 내겐 거의 한 생애만큼 길게 느껴졌다. 축복의 언어로 시작하려 들면 문장은 금세 행여 누군가의 상처를 문지르는 손놀림처럼 어색해졌고, 경건을 흉내 내면 오히려 거짓말이 되었다. 그때부터 나는 기념의 문장에서 벗어나 의심의 문장으로, 환영에서 질문으로 물러나 보기로 했다. 탄생을 찬미하는 수사 대신 '왜'라는 한 음절의 무게를 끝까지 견뎌 보려는 마음이었다.

아이디어의 씨앗은 몇 개의 이미지에서 왔다. 하얀 조명 아래, 화면의 입자 속에서 존재의 증거를 읽어내려 애쓰는 익명의 얼굴들. 장마가 들고 난 뒤 강둑에 남은 물의 흠집과 손바닥으로 올리다 무너지는 작은 돌더미. 낡은 신화 사전의 두 페이지, 레테와 므네모시네—잊음과 기억의 물. 이름을 번갈아 읽을 때마다 목구멍으로 미지근한 강이 오르내리는 느낌. 이조차 어떤 음색의 기억이었다. 그 이미지들은 서로를 비추면서 이상한 문장을 만들어냈다.

"어떤 생은 태어나기 전부터 후회를 배운다."

그 문장을 처음 들었을 적에 나는 그것이 타인의 목소리였음을 알면서도 내 내부에서만 들린다는 사실에 오래 붙들렸다. 아이디어는 그 붙듦에서 자랐다.

내가 쓰려는 것은 사건이 아니라 정조였다. 명명되지 않은 감정의 체류 시간, 입 밖으로 나오지 못한 말이 입천장에 남기는 온도, 축복의 문법이 미처 다루지 못한 사소하고도 끈질긴 불협에 대해 기록하고 싶었다. 그래서 형식도 소설의 외피를 입되, 수기의 호흡을 따르기로 했다. 수기는 언제나 늦게 도착한다. 다 끝난 자리, 이미 지나간 것의 뒤에서만 시작할 수 있다. 나는 그 지연의 윤리를 믿어보기로 했다. 뒤늦게만 가능한 문장, 회고의 빛 아래에서만 드러나는 모서리—그것이야말로 '탄생'이라는 거대한 낱말에 맞설 수 있는 유일한 방법처럼 보였기 때문이다.

글을 쓰는 동안 문법을 자주 고쳤다. '태어나다'와 '태어나게 되다' 사이, 능동과 피동의 얇은 막을 오가며 각각의 어미를 오래 굴려 보았다. '나는 태어났다'라는 문장을 '나는 태어나지게 되었다'로 바꾸면 세계의 관성이 달라진다. 이 미세한 차이가 바로 내가 붙들고자 한 사유의 골격이었다. 언어는 세계를 바꾸지 못한다는 오래된 체념을 알면서도, 문장의 경사를 조금만 기울이면 경험의 결이 달라지는 순간들이 있다. 그 작은 경사를 탐지하는 일이 이 책을 떠오르게 했다.

나는 독자에게 동의를 구하지 않는다. 다만 시간을 청한다. 한 페이지, 또 한 페이지를 넘기는 동안, 각자에게 주어진 '태어남'이라는 사실을 잠깐 타자화해 보는 시간. 자신에게 가해진 동사의 방향을 한 번쯤 의심해 보는 시간. 이 수기는 그런 의심을 정리해 두려는 느린 시도였다. 축복의 말들을 몰아낼 생각은 없다. 다만 축복이 미처 닿지 못한 그림자의 모양을 벽에 대고 따라 그려 보려 한다. 그림을 그리고 나면 벽에는 연필 자국이 남고, 손끝에는 흑연의 먼지가 남는다. 그 사소한 흔적을 나는 기록이라 부른다.

이 기록이 어디서 시작했는지를 말하자면, 결국 하나의 태도였다. 환희 대신 망설임으로, 선언 대신 붙듦으로, 증언 대신 더듬거림으로 세계를 더 오래 바라보려는 태도. 탄생을 저주한다는 말은, 결코 누군가의 생을 폄하하겠다는 뜻이 아니라 찬미의 자동화를 잠시 멈추겠다는 뜻에 가깝다. 단념은 종종 더 정확한 사랑의 다른 이름이기도 했다. 그러니 이 서문은 결심문이 아니라 주저문에 가깝다. 그러나 주저의 끝에서만 시작되는 문장이 있다는 것을, 나는 언젠가 배웠다. 이 책은 그 문장을 더듬어 찾다가 우연히 걸린 실마리에 불과했다.

독자는 그 실을 잡아당길 수도, 놓아버릴 수도 있다. 다만 잡아당길 때 들려오는 미세한 마찰음에 잠깐 귀 기울여 주기를 바란다. 내가 처음 아이디어를 들었던 그 밤처럼, 어둠 속에서 어떤 문장이 아주 작게 갈린다—탄생과 탄식, 한 글자 차이로. 그리고 그 한 글자를 고쳐 쓰는 데 필요한 시간이 이제 막 흐르기 시작한다.

Prologue

태초에 모든 것은 물이었다.

빛도 어둠도, 형상도 의미도, 아직 말해지지 않은 상태로 물속에 잠들어 있었다. 물은 움직이지 않았고, 동시에 모든 움직임의 가능성이었다. 고요했지만 죽은 것이 아니었다. 무한했지만 넘치지 않았다.

그것은 모든 시작의 바깥에 있으면서 동시에 모든 시작을 이미 안고 있었다.

그 물은 심장이 되기 전의 박동을 가졌고, 언어가 되기 전의 떨림을 지녔으며, 얼굴이 되기 전의 감각들을 품었다.

몸이 생기기 전, 눈이 생기기 전, 이름이 주어지기 전, 존재들은 그 물속에서 기다렸다. 기다렸다는 말도 부정확하다.

물속에서는 '기다림' 조차 흐르지 않았기 때문이다.
그저 있었다.
필요하지 않았고, 구분되지 않았으며, 그래서 평화로웠다.

그러나 어느 순간, 아주 작고도 깊은 떨림이 물속을 흔들었다. 그것은 파멸도, 탄생도 아니었다. 단지 하나의 미세한 '차이'. 그 차이는 물을 결 지우고, 결은 흐름을 만들었고, 흐름은 결국 경계를 만들었다.

경계는 안과 밖을 나누고, 나뉜 것들은 서로를 인식하게 되었다. 나는 내가 아니게 되었다. 너는 내가 아님으로써 생겨났다.

최초의 자아가 물 위로 올라왔다.

그 순간 물은 더 이상 전체가 아니었다.

그 안에 있었던 것들이, 그 밖을 상상하기 시작했기 때문이다.

그리하여 첫 번째 존재가 물에서 나왔다.

몸은 젖어 있었고, 눈은 감겨 있었으며, 피부는 세계를 처음 맞이하는 공포로 떨고 있었다.

숨은, 그에게 주어진 첫 번째 명령이었다.

스스로 숨을 쉬어야 한다는 사실은, 스스로 살아야 한다는 뜻이었고, 살아 있다는 것은 끝내 분리되어야 한다는 저주였다.

그럼에도 그는 숨을 들이쉬었다. 고통 속에서.

물은 그가 떠난 자리를 조용히 봉합했다.

무슨 일이 있었냐는 듯, 물은 다시 잔잔했고, 그는 잊었다.

그러나 어느 밤, 잠결의 땀 속에서, 통증의 기억 속에서,

그는 가끔 물을 다시 떠올렸다.

아무것도 묻지 않던, 모든 것을 감싸 안던,

가장 처음의 그 어머니—물이었던 어머니를.

그는 나중에 알게 된다.

자신이 숨을 쉴 때마다, 어쩌면 물은 그 숨을 기억하고 있다는 것을. 그가 살아 있다는 증거가, 동시에 물이 사라졌다는 증거라는 것을.

그래서 그는 가끔 고요를 원한다.
숨이 멈추는 찰나, 물의 품으로 되돌아가고 싶어한다.

하지만 물은 다시 허락되지 않는다. 그는 이미 나온 자였고, 한번 나왔다는 사실은 돌이킬 수 없다.

그러므로 그는 살아 있는 동안, 평생을 반복하게 된다.

들이쉬고, 내쉬는 것.
살아 있으면서 동시에 사라지고 싶어 하는 것.
그 사이에서 흔들리는 것.

그 모든 진동이, 그가 아직도 물의 흔적 안에 있다는 사실
을 증명한다.

그리하여 전해진다.

태초에 물이 있었고,
지금도 우리의 안에는 그 물의 기억이,
아주 미세한 떨림으로 남아 있다.

제 1장

민은 오늘도 죽어보기로 했다.

정확히는 죽음의 가장자리까지 걸어가 보기로 했다. 욕조에 물을 가득 채웠다. 미지근한 물. 체온과 비슷해서 경계가 모호해지는 온도. 옷을 벗고 들어가 천천히 가라앉았다. 물이 턱을 넘고, 입술을 덮고, 코끝을 스치고, 마침내 정수리 위로 합쳐졌다. 세계가 물 아래로 가라앉았다. 아니, 그가 세계 아래로 가라앉았다.

귀가 먼저 항복했다. 고막을 누르는 압력에 소리가 해체되기 시작했다. 욕실 밖 시계 초침, 배관을 타고 흐르는 미세한 진동, 윗집 발자국—모든 소리가 둔탁한 울림으로 뭉개졌다. 그리고 그 모든 둔탁함을 뚫고 오직 하나, 심장 소리만이 선명했다. 둥, 둥. 둥, 둥. 마치 자궁 속 태아가 듣는 어머니의 심장처럼, 그러나 이것은 그 자신의 심장이었고, 자궁이었고, 동시에 무덤이었다.

눈을 감았다. 눈꺼풀 안쪽의 붉은빛이 점점 짙어졌다. 산소가 줄어들수록 색이 진해진다는 걸 어디선가 읽은 적이 있다. 망막의 혈관이 확장되면서 생기는 현상이라고 했던가. 그는 그 붉음을 바라보며 생각했다. 이것이 태어나기 전 아홉 달 동안 보았던 색일까. 양수 속에서, 숨 쉬지 않아도 되던 시절에, 탯줄이 대신 숨 쉬어주던 시절에 보았던.

첫 번째 경련이 왔다. 횡격막이 작게 떨렸다. 아직은 참을 만했다. 그는 그 떨림을 무시하고 더 깊이 가라앉았다. 의식의 더 깊은 곳으로. 기억의 더 먼 곳으로. 태어나던 날을 떠올렸다. 물론 기억할 수 없는 기억이었지만, 상상은 할 수 있었다. 따뜻하고 어두운 곳에서 갑자기 밝고 차가운 곳으로 내던

져지는 폭력. 폐가 강제로 펴지고, 공기가 칼처럼 들어오고, 첫 울음이 터져 나오는 순간. 그것이 축복이었을까, 저주였을까.

두 번째 경련. 이번엔 더 강했다. 가슴 전체가 안으로 수축하려 했다. 몸이 명령했다—숨을 쉬어라. 당장. 지금. 그러나 그는 거부했다. 이것이 그가 할 수 있는 유일한 자유였다. 태어남은 선택할 수 없었지만, 이 순간만큼은 선택할 수 있었다. 숨을 쉬지 않기를. 삶의 가장 기본적인 명령을 거부하기를.

시야가 좁아지기 시작했다. 가장자리부터 어둠이 침입했다. 동시에 이상한 평화가 찾아왔다. 뇌가 엔돌핀을 분비하는 걸까. 아니면 항복의 달콤함일까. 손끝이 저리고, 발끝이 무감각해지고, 심장이 점점 빨라지고, 그럼에도 의식은 점점 느려졌다. 시간이 늘어났다. 한 초가 한 시간처럼, 한 시간이 한 생처럼 길어졌다.

세 번째 경련이 왔을 때, 그는 알았다. 이것이 한계라는 것을. 몸이 그를 배반하는 게 아니라 지키려 한다는 것을. 의지와 무관하게, 의식과 별개로, 수십억 년 진화의 명령이 그의 세포 하나하나에 새겨져 있다는 것을. 살아라. 살아남아라. 무슨 일이 있어도 살아라.

그는 저항과 항복 사이에서 흔들렸다. 물속에서의 이 짧은 반란이, 이 작은 거부가 무엇을 증명하는가. 그가 자유로운가. 그가 자신의 주인인가. 아니면 이마저도 정해진 각본의 일부인가. 폐가 터질 것 같았다. 아니, 이미 터지고 있었다. 안에서부터, 천천히, 확실하게.

수면이 그를 부르기 시작했다.
아니, 그의 몸이 수면을 향해 떠오르기 시작했다.
의지와 무관하게.
선택과 별개로.
마치 처음 태어날 때처럼.

"푸하—"

산소가 폭포처럼 쏟아져 들어온다. 목구멍은 준비도 없이 벌어지고, 폐는 젖은 스펀지처럼 급히 팽창한다. 공기는 차갑고, 무겁고, 살아 있다. 그것이 살 속으로, 피 속으로, 심장 깊숙이까지 밀려들며, 방금 전까지의 고요를 완전히 밀어낸다.

누군가는 이 모든 행위를 자해라고 부를 것이다. 스스로의 몸을 상하게 하는 기행이라고. 그러나 민에게 이것은 오히려 자기 보존의 기술이었다. 흩어지려는 조각들을 다시 모아 한 인물의 형태를 마련하는 일, 흐릿해지는 존재의 윤곽을 조용히 덧그리는 일, 바깥의 무작위한 고통들 앞에서 오직 여기에서만 가능한 질서를 잠시 세우는 일. 그는 오늘도 그 의식의 문을 열고 닫았다. 끝낼 수 있다는 사실이 그를 버티게 했고, 버틴 끝에 찾아오는 귀환이 그를 살게 했다.

물은 식어가고 있었다. 민은 눈을 감고 피부의 표면에서 심장의 안쪽으로, 온도가 이동하는 궤적을 더듬었다. 뜨거움이 미지근함으로, 미지근함이 차가움으로 기울어지는 그 점진은 생의 곡선을 닮아 있었고, 모든 처음은 언젠가 열을 잃는다는 사실을 상기시켰다. 그러나 끝은 아니었다. 물은 다시 데워질 수 있었다. 숨은 다시 오래 참아낼 수 있었다. 반복은 순환을 닮았고, 순환은 언젠가 귀환을 약속했다.

민은 천천히 일어나 욕조의 벽을 짚었다. 수건을 들어 몸을 눌러 닦았다. 직물의 거친 결이 피부의 소리를 흡수하는 사이, 그는 내일도 이곳에 올 것이라 생각했다. 물을 채우고, 숨을 참을 것이다. 죽음—익사를 연습함으로써 역설적으로 삶을 확인하는 방식. 그의 생활은 그렇게 유지되었다.

문고리를 돌리자 차가운 공기가 실내로 들어왔다. 그는 한 박자 멈춰 뒤돌아보았다. 욕조에는 여전히 물이 고여 있었고, 표면은 잔잔했다. 마치 아무 일도 없었던 것처럼. 그러나 민은 알고 있었다. 그 수면 아래에서 일어난 일을, 내려앉았다가 떠오른 감각의 이름을, 자신이 무엇을 찾았고 무엇을 잃었는지를. 그리고 내일, 다시 무엇을 찾으러 돌아올 것인지도.

유영의 손이 다가와 그의 왼쪽 손목을 어루만졌다. 피부 위에는 시간이 희미하게 문장을 남겨 두었고, 흉터들은 나이테처럼, 깊고 얕은 선들의 배열로 각기 다른 밤을 보존하고 있었다. 어떤 선은 수직으로 떨어졌고, 어떤 건 비스듬히 비

켜갔다. 그녀의 손가락이 가장 오래된 흉터를 따라 천천히 움직였다. 그것은 민이 열여섯이던 날의 것이었다. 술에 취한 아버지가 집안의 그릇을 모두 깨뜨리고, 어머니가 그 소리를 밀어내려 방문을 잠그고 이어폰의 볼륨을 올리던 밤, 깨진 사기 조각들 사이에서 그는 날카로운 파편 하나를 집어 들었다. 그때 처음으로 본 자신의 피—예상보다 뜨겁고, 상상보다 선명한 붉음, 무엇보다 부인할 수 없이 '자기 것'이라는 느낌—그 선택된 고통이 주는 기묘한 안도를 그는 아직도 기억하고 있었다.

"이것들이 사라지고 있어." 유영이 말했다. 담담한 목소리는 비난도 처방도 아닌 관찰이었다. 그녀의 방식은 늘 그랬다. 치유의 약속 대신 곁의 지속. 민은 그 손을 잡았다. 따뜻하고 부드러운 손, 흉터를 처음 보던 날에도 움츠러들지 않았던 손. 그녀는 그 선들을 점자처럼 더듬어 읽었고, 숨은 말들을 천천히 해독했다.

"그래도 물속이 더 나아." 민이 말했다. "흉터가 남지 않으니까."

유영은 짧게 웃었다. 쓴웃음이 아닌, 가벼운 웃음이었다. "그래, 그게 더 나아. 적어도 침대 시트에는 피가 묻지 않으니까."

밤비가 창을 두드리며 방안을 얕게 울렸다. 그 소리 위에 나란히 누워, 민은 어린 시절의 동굴로 잠시 되돌아갔다. 비 오는 날이면 아버지는 더 많이 마셨고, 그는 빗소리가 병들이 부딪히는 소리를 덮어주는 보호막이라고 말하곤 했다. 그러나 민은 알았다. 아버지가 두려워한 것은 비 그 자체였다. 단조롭고 끊이지 않는 낙하의 연속이, 자신에게서 흘러가는 삶의 음향과 기묘하게 겹쳤기 때문일 것이다.

"아버지는 요즘 어떠셔?" 유영이 물었다.
"모르겠어. 하도 오래돼서."
"어머니는?"
"마찬가지."

둘 사이로 잠깐의 침묵이 흘렀다. 언어가 쉬는 동안 더 많은 말을 건네는 침묵. 민은 천장을 바라보며 말했다. "어릴 때 난 투명인간이라고 믿었어. 아버지가 소리를 지르고, 어머니가 TV 볼륨을 키울 때, 나는 정말로 보이지 않는 것 같았거든." 유영의 손이 그의 손을 조금 더 꼭 잡았다. "그래서 피를 봐야 했어. 피는 붉잖아. 너무 선명해서 아무도 못 본 척할 수 없잖아. 피를 보는 순간, 나는 다시 실체를 얻었어. 아프니까 존재하는 거야."

"데카르트의 변형이네." 유영이 미소 지었다. "나는 아프다, 고로 존재한다." 민은 어둠 속에서 희미하게 웃었다. "하지만 흉터는 영원해. 한 번 새겨지면 지울 수 없으니까. 마치 누구나 읽을 수 있는 일기를 피부에 쓰는 기분이었어."

"그래서 물을 택한 거야?"

"물은 흔적을 남기지 않아. 물속에서 숨을 참는 건… 완벽한 자해야. 고통은 있지만 증거는 없어. 강렬하고도 순식간인데, 끝나면 아무것도 남지 않아."

유영은 몸을 돌려 그의 얼굴을 바라보았다. "거짓말. 뭔가는 남아. 네 눈에. 오래 잠겨 있던 사람의 눈빛. 익사 직전 돌아온 사람의 광도." 민은 시선을 피하지 않았다. 그녀는 언제나 정곡을 찔렀고, 그 정확함은 때로는 통증이었지만, 동시에 구조 신호이기도 했다. 제대로 보인다는 것—투명함이 아니라 실재임을 누군가가 확인해 준다는 것.

"네가 욕실에 들어가면," 그녀가 말했다. "나는 문 밖에서 기다려. 물소리를 듣고, 네가 잠길 때의 소리와 다시 나올 때의 소리를 구별해. 그 사이의 침묵도 들어. 그 침묵이 너무 길어지면, 문을 두드릴 준비를 해."

"한 번도 두드린 적 없잖아."

"네가 그 전에 돌아오니까."

민은 그녀의 뺨을 쓰다듬었다. "미안해."

"미안해하지 마. 네가 물을 택한 건 다행이야. 적어도 물은… 생명이니까. 우리 모두 물에서 시작했잖아. 거기서 네가 찾는 게 죽음뿐일 리 없어."

빗줄기는 잠시 굵어졌다가 성긴 실처럼 가늘어졌다. 민은 이 도시 전체가 하나의 거대한 욕조가 된 듯한 감각을 스치듯 떠올렸다. 모두가 각자 다른 이유로, 같은 방식으로, 잠시 숨을 참고 있는 밤. 그리고 그는 말했다. "내 아버지도 자해를 했어." 유영의 눈이 미세하게 흔들렸다. 그는 이 이야기를 거의 꺼낸 적이 없었다. "술이 자해였지. 매일 밤 스스로를 파괴했어. 간을 태우고, 기억을 닳게 만들었어. 그래도 그건 통제였을 거야. 자기 고통을 스스로 고르는 일. 아버지의 아버지가 남긴 상처를 덮기 위해, 자신이 만든 상처 안으로 숨어든 거지."

"대물림이네."

"응. 하지만 형태는 변해. 아버지는 술, 나는 칼, 그리고 이제는 물. 점점 더 깨끗해지고 있어. 언젠가는 흔적조차 남기지 않는 방식으로 사라질지도 몰라." 그는 거기서 말을 멈추었다. '언젠가'가 실제로 오는지 확신할 수 없었기 때문이다. 상처는 종종 형태만 바꾼 채 계속되는 법이어서.

유영이 그의 가슴에 머리를 기댔다. 규칙적이고 안정된 그녀의 박동이 뺨을 통해 전해졌다. 물속에서 증폭되던 자신의 심장 소리와는 다른, 공기 중의 담담한 박. 공포와 절박이 씻긴, 그저 살아 있음의 인장 같은 리듬. "내일은 욕조에 물 받지 마." 그녀가 속삭였다.

"왜?"

"그냥. 아침까지 네 숨소리를 듣고 싶어. 물속이 아닌 공기에서 나는 그 소리. 네가 살아 있다는 가장 단순한 증거."

대답은 없었지만, 그의 침묵은 동의의 형태를 하고 있었다. 내일 아침까지 그는 물속으로 도망가지 않을 것이다. 대신 이 침대에서, 이 사람의 품에서, 천천히 숨을 들이쉬고 내쉴 것이다. 가장 어려운 단순함—반복의 호흡을 선택할 것이다.

빗소리는 차츰 잦아들고, 도시가 다시 호흡을 시작했다. 멀리서 구급차의 울음이 얕게 지나갔다. 누군가는 오늘 밤을 건너지 못했을지 모른다. 그러나 민과 유영은 여기에 있었다. 상처투성이지만 살아 있고, 불완전하지만 함께였다. 민은 눈을 감았다.

그가 얕은 잠에 빠지자, 유영은 그의 숨결을 조용히 세었다가 부엌으로 갔다. 창가에 놓인 유리컵엔 어제 시장에서 데려온 꽃 한 줄기가 남아 있었다. 그녀는 줄기를 사선으로 조금 더 잘라 물을 새로 받았다. 절단면이 반짝 빛나고, 투명한 공기 방울이 몇 알 올라붙었다가 사라졌다. 낮에는 활짝 열렸다가 저녁이면 스스로를 조금 접던 그 꽃—피는 것도 지는 것도 소리 없이 진행되는 일. 물의 온도가 손끝으로 전달되는 동안, 그녀는 유리벽을 타고 올라가는 미세한 기포들을 오래 보았다. 안으로 당기고, 다시 내어주는 움직임.

그녀는 얕은 접시에 물을 채워 꽃잎 하나를 떼어 띄웠다. 얇은 잎맥이 물을 받쳐 들고, 빛이 표면에서 부서지며 둥근 파문이 천천히 겹쳤다. 낮의 펼침과 밤의 오므림, 들숨과 날숨이 서로의 차례를 지키듯 교대한다는 것—그 단순한 질서가 이상하게 그녀를 진정시켰다. 잠시 후 파문이 진정되자 잎은 다시 조용히 제 중심을 찾았다. 유영은 문틈 너머로 들려오는 그의 규칙적인 숨과 물 위의 미세한 흔들림을 한 박자로 맞추어 보았다. 그리고 접시를 창가에 두고, 방으로 돌아가 그의 가슴에 손바닥을 올렸다. 온기. 아직.

그의 가슴 위에 올린 손이 아주 미세하게 들썩였다. 민이 눈을 떴다. 깊게 취한 잠에서 막 건져 올려진 얼굴로 그녀를 보다가, 거의 속삭임에 가까운 목소리로 물었다. "너는… 왜 나를 좋아해? 난 항상 고통 속에 있잖아."

유영은 대답 대신 잠시 손바닥을 더 눌렀다. 어머니의 얼굴이 떠올랐다. 어린 시절, 하루가 끝나면 어머니는 꼭 창가에 앉아 국화를 다듬었다. 꽃잎을 한 장씩 떼어내는 손놀림은 섬세했지만, 표정에는 늘 무너진 흔적이 남아 있었다. 꽃은 오래 피지 못한다며, 피기도 전에 굳은 봉오리와 이미 시든 꽃잎을 같은 쓰레기통에 함께 넣곤 했다. 그 습관을 유영은 이해하지 못했다. 스무 살, 집을 떠나기 전 마지막 겨울밤에도 어머니는 꽃을 손질했고, 아주 무심하게 말했다. "사람도 꽃이야. 피어 있는 순간보다 떨어지는 순간이 더 오래 남는 법이지." 그 문장이 그녀의 가슴 어딘가에 길게 눌어붙어, 오랫동안 떨어지지 않았다.

그 말을 잊지 못한 채, 그녀는 민을 만났다. 민은 물속에서 모든 흔적을 지워버리려는 사람이었고, 유영은 꽃처럼 흔적을 남기려는 사람이었다. 그러나 그 차이는 기이하게도 서로를 붙드는 이유가 되었다. 물은 지우며 보존하고, 꽃은 남기며 사라진다—서로 다른 방식의 지속이 한 자리에 머무를 수 있다는 것을, 민과 함께일 때만 그녀는 확신할 수 있었다.

유영은 마침내 말했다. "네가 사라지고 싶어질 때조차 정직해서 좋아. 나는 흔적을 남기고 싶어 하는 사람이라서, 네가 비워놓은 자리의 온도를 오래 기억할 수 있거든. 우리가 다르게 숨 쉬는 방식이, 이상하게 서로를 살리더라." 잠깐 멈춘 뒤, 그녀는 덧붙였다. "어머니가 국화를 다듬을 때 그랬어. 피기 전과 시든 뒤를 같은 통에 넣더라. 그땐 몰랐는데, 지금은 조금 알아. 피어남과 떨어짐이 같은 쪽에 속한다는 걸. 너를 좋아하는 건… 네가 그 사이를 알고, 그 사이에서 돌아오는 사람이라서."

민은 조용히 웃었다. 입술이 맞닿자마자 짧은 떨림이 전해졌고, 숨결이 뒤섞이며 둘 사이의 공기가 달라졌다. 빗소리가 방을 가로질렀지만, 이제 그 소리는 두 사람의 리듬을 따라 낮게 흔들릴 뿐이었다.

유영의 손끝이 민의 목선을 타고 흘렀다. 가볍게 쓰다듬 듯 지나가던 손길은 어깨와 팔을 따라 더 깊이 내려갔고, 닿는 곳마다 살결이 뜨겁게 일어섰다. 민은 그녀의 허리를 끌어당기며 몸을 겹쳤다. 얇은 옷감 사이로 전달되는 열이 빠르게 번져, 피부와 피부가 직접 이어진 듯 착각할 만큼 밀착되었다.

호흡은 더 이상 따로 구분되지 않았다. 입술이 벌어지고, 서로의 숨이 젖은 열기로 교환될 때마다 목구멍이 낮게 울렸다. 심장은 귀 가까이에서 두드리듯 쿵쾅거렸고, 그 리듬이 허리와 허벅지의 움직임으로 옮겨갔다.

그들은 천천히 몸을 섞었다. 오래된 물결이 바위에 부딪히며 일으키는 리듬처럼, 들숨과 날숨, 밀착과 이완이 번갈아 이어졌다. 손끝은 점점 더 과감해졌고, 서로의 살결을 따라가며 작은 소름을 일으켰다. 방 안은 이미 숨과 체온으로 무거워졌고, 빗소리마저 그들의 몸짓을 따라 박자를 바꾸는 듯했다.

합일은 한마디의 말없이 이루어졌다. 몸과 몸이 맞붙어

부드럽게 흔들리고, 피부에 남은 땀방울이 서로에게 옮겨가며, 두 사람은 밤의 표면 위에서 조용히 그러나 관능적으로 하나의 리듬을 만들어가고 있었다.

제 2장

아침이면 주전자가 먼저 숨을 쉬었다. 창문을 조금 열어
서늘한 공기를 들여놓고, 빵을 자르고 컵을 씻고 수건을 널었
다. 식탁 한쪽엔 두꺼운 천 표지의 책이 늘 뒤집어 놓여 있었
다. 유영은 설거지를 마치면 그 책을 조심스레 펼쳤다. 몽환
적인 신화를 담고 있는 책이었다. 제목은 말하지 않았다. 다
만 낮은 목소리로 단락을 따라갔다. 잊음의 강과 기억의 샘,
물 위에 뜬 섬과 물 아래에서 피는 꽃 ―그 이야기들은 집 안
의 온도를 아주 조금 바꾸었다. 민은 창틀에 기대 그녀의 낭
독을 들었다.

민은 욕실에 들어서면 먼저 마개가 정확히 닫혔는지 손끝으로 세 번 확인하고, 선반의 방수시계를 수면과 평행하게 맞추었다. 물 높이는 엄지 마디 둘, 온도는 손등으로 한 번, 뺨으로 한 번—몸의 두 지점을 통과해 합의된 지점에서 멈췄다. 잠수 전엔 혀 밑에 고이는 단물을 삼키고, 귀를 가볍게 눌러 압을 미리 나눴다. 그는 숫자를 세지 않았다. 대신 세 가지 규칙만 지켰다. 문은 잠그지 않을 것. 한 번에 2분을 넘기지 않을 것. 돌아오면 그 사실을 몸으로 확인할 것—수건의 결로, 발바닥의 차가움으로, 심장의 박동으로. 물에 들지 않는 날엔 엘리베이터 앞이나 신호등에서 짧은 '공기 잠수'를 했다. 들숨을 얇게 줄이고, 날숨을 길게 늘여, 몸의 가장자리에서 중심으로 시간을 끌어들였다.

유영은 시장에서 투명한 사발을 샀다. 유리볼이었다. 집으로 돌아와 물을 받고 연밥을 띄우자 기포가 붙었다 떨어졌다. 저녁이면 창가에 앉아 신화를 다시 펼쳤다. 물에서 솟는 것에 대한 오래된 문장들을 조용히 읽어 내려가면, 유리볼의 표면에 겹겹의 파문이 생겼다 사라졌다.그 반짝임을 보며 스스로의 의식을 가다듬었다.

욕조의 물을 채우는 날이면 민은 규칙을 따라 잠겼고, 물을 받지 않는 날이면 거실 바닥에 누워 눈을 감은 채 가슴속 시간을 늘였다.

밤이 깊어지면 두 사람의 리듬이 포개졌다. 유영은 문 밖에서 물소리의 시작과 끝, 그 사이의 침묵을 들었다. 너무 길어지기 전에 돌아오는 그의 발소리를, 수건이 물을 마시는 소리를, 욕조의 얕은 넘김을, 그리고 결국 문고리가 돌아가는 소리를. 그 사이, 방 안에서는 신화 속 인물들이 강을 건너거나 꽃을 피웠다 지는 대목이 이어졌다.

이 집의 하루는 두 개의 시계로 굴렀다. 한쪽은 책의 페이지가 넘기는 소리, 다른 한쪽은 가슴속 박동이 세는 무음의 칸. 한 시계가 멈칫하면 다른 시계가 대신 앞으로 밀어 주었고, 그렇게 다음 날 아침이 생겼다. 물을 갈고, 사발을 비우고 다시 채우고, 신화를 조금 읽고, 공기에서 한 번 더 버티고, 때로는 잠깐 잠겨 돌아오는 일. '살아간다'는 말은 거창하지 않았다. 다만 계속 돌아오는 호흡의 연습, 그리고 그 연습을 조용히 지켜보는 또 한 사람.

민에게 익사 연습은 생을 유지하는 중요한 습관이었다. 그것은 세계의 바깥을 향한 입구이자 – 안쪽으로 굴절된 경계였고, 흔들리는 거울이자 무표정한 심연이었다. 매일같이 같은 방식으로 물을 채우고, 같은 자세로 몸을 담그고, 같은 깊이까지 잠겨드는 그 행위는 반복이 아니라 순례에 가까웠다. 그는 다만 그 행위를 해야만 했다.

몸은 기억하고 있었고, 물은 묵묵히 받아내고 있었으며, 그 속에서 민은 어떤 부서짐의 순간을 기다리고 있었다. 완전히 무너지는 것도, 완전히 회복되는 것도 아닌 그 사이 어딘가에서, 아무 말도 하지 않은 채 무언가를 본다는 것. 어쩌면 그것은 본래의 얼굴을 마주하는 일에 가까웠다. 스스로조차 외면해온 결 안의 결, 내면의 가장 깊숙한 골짜기에서 천천히 피어나는 무언가.

물속은 모든 소리를 흐리게 만들었고, 시간조차 다른 리듬으로 흘렀으며, 감각은 잦아들면서도 더 또렷해졌다. 그 고요 속에서 그는 매번, 기이한 무게로부터 가벼워졌고, 무게를 떠맡음으로써 다시 떠올랐다. 그러니 그것은 침몰이 아니라 회복에 가까웠고, 파괴가 아니라 다짐에 가까웠으며, 사라짐이 아니라 되돌아오는 어떤 방식의 귀환이었다.

흔적이 남지 않는 고통, 증명이 필요 없는 감각, 지워질 수 없는 고요. 그는 거기서 말없이 어떤 서약을 반복했고, 그것은 오직 자신만이 알아들을 수 있는 언어로 쓰인 비가(悲歌) 같았다.

달력이 한 장 넘어가고, 민과 유영은 여전히 같은 아침을 맞이하고 있었다. 밤새 내린 비가 보도블록과 건물 턱을 반질하게 닦아 놓았고, 창을 연 민 쪽으로 젖은 금속과 흙 냄새가 스며들었다.

유영은 눈 밑이 어둡고 호흡이 조금 얕았다. 커피 대신 뜨거운 물을 마시다 말고, 복숭아 향에 얼굴을 찡그렸다. 시장 길에서는 빵 냄새에 구역질을 하며 잠시 걸음을 멈췄다. 사람과 스치자 무심결에 배를 감싸 쥐기도 했다.

집에 돌아와서는 손목에 힘이 빠져 장바구니를 민에게 맡기고, 복숭아를 씻는 그의 손을 바라보다가 잠시 눈을 감았다. "혀맛이 오래된 동전 같아." 그녀의 목소리는 낮고 힘이 없었다.

.

.

.

물은 오늘따라 유난히 뜨거웠다. 민은 숨을 고르고 천천히 몸을 가라앉혔다. 열이 피부의 표면을 먼저 물들인 뒤 살과 살결 사이로 번져 들어왔다. 형광등의 흰빛이 수면에서 흔들리며 천장에 얕은 물결을 던졌다. 천장에 맺힌 수증기는 시간을 끌다 한 점으로 응결했고, 무게를 얻은 방울이 다시 물로 떨어졌다. 오르내림, 부상과 침잠, 데워짐과 식음, 출렁임과 가라앉음. 모든 것은 순환했고, 순환은 무언가의 기원과 무언가의 귀환을 동시에 말하고 있었다.

그는 깊게 들이마셨다. 오늘은 더 오래—지난번 1분 57초를 넘어보자는 마음이 가슴 안쪽에서 조용히 부풀었다. 욕조 옆 선반의 방수 시계가 초침을 밀어 올렸다. 틱, 틱, 틱. 얇은 금속의 소리가 심장과 겹쳐 하나의 박으로 이어졌다. 그 겹침이 충분히 선명해졌을 때, 그는 고개를 숙여 물속으로 들어갔다.

순간 음향의 질감이 바뀌었다. 시계 소리는 점차 멀어졌고, 대신 혈류의 바람이 귓속을 가득 채웠다. 쏴아, 쏴아. 그 거대한 내부의 바닷소리. 민은 눈을 감았다. 눈꺼풀 안쪽이 은근한 붉음으로 물들어 어둠에 온기를 부여했다.

열 살의 장면이 그 붉음 속에서 떠올랐다. 술에 취한 아버지가 현관문을 밀어 부수던 밤, 어머니가 그를 옷장 속으로 밀어 넣으며 말했다. "소리 내지 마. 없는 사람이 되는 거야." 문이 닫히고, 어둠이 곧장 밀려들었다. 그는 호흡을 접

었다. 바깥에서는 고함과 깨지는 소리와 눌린 흐느낌이 교차
했고, 그때 처음 배웠다. 숨을 참으면 사라질 수 있다는 것.
존재는 숨과 함께 증명되고, 숨이 멈추면 증명은 보류된다는
것.

폐가 조여왔다. 30초. 아직 멀었다. 상상은 자궁으로 되감
겼다. 탯줄이 모든 것을 해결하던 시대, 따뜻한 어둠 속에서
숨을 쉴 필요가 없던 시대. 의지와 선택이 관여하지 않던 조
율, 타인의 몸이 나의 심장을 대신하던 안온. 그 기억 이전의
감각이 수면 아래에서 잠깐 빛났다.

45초. 가슴이 천천히 타들기 시작했다. 그때 진동이 전해
졌다. 휴대폰이 선반 위에서 떨었다. 물속에서도 미세한 떨림
이 욕조의 벽을 타고 손끝으로 왔다. 그는 무시하려 했다. 지
금은 그만의 시간, 자발적 고통의 한가운데를 음미하는 시간.
하지만 진동은 멈추지 않았다. 그의 물은 아주 조금 흔들렸
다.

1분. 절반을 넘었다. 진동이 멎고, 고요가 복귀했다. 붉은
어둠이 더 짙어졌다. 시야 끝에서 작은 검은 점들이 춤을 추

기 시작했다. 산소 부족의 징후. 뇌가 경고를 띄우는 순간. 그리고 곧장, 다시 진동. 이번에는 더 집요하게, 마치 급박한 소식이 문을 두드리듯이. 1분 15초. 아직 채우고 싶은 시간이 남아 있었지만, 화면에 뜨는 이름은 유영이었다. 그녀는 이 시간이 그의 시간임을 알고 있었다. 그럼에도 전화한다는 것은—그는 수면을 찢고 올라왔다.

공기가 폭포처럼 폐로 들어왔고, 거친 숨이 타일까지 울렸다. 그는 떨리는 손으로 전화를 들었다. 물방울이 화면 위를 천천히 굴렀다. "여보세요."

"민아." 낯익은 목소리였지만 결이 달랐다. 기쁨인지 두려움인지 가늠하기 어려운 떨림. "무슨 일이야?" 침묵이 잠깐 흘렀고, 그녀의 호흡이 수화기 안쪽을 흐르게 했다. "임신이야."

전화가 손에서 미끄러질 뻔했다. 수면이 출렁거렸다. 그는 기기를 더 꽉 잡고 되물었다. "뭐라고?"

"임신이래. 방금 병원에서 확인했어. 6주."

말이 붙지 않았다. 방금까지의 현기증인지, 소식의 충격인지 알 수 없는 어지럼이 귓속에서 확대되었다. 물은 순간 차갑게도, 곧장 뜨겁게도 느껴졌다. 감각의 저울은 분침처럼 흔들렸고, 어느 쪽도 오랫동안 머물지 못했다.

"민아? 거기 있어?"

"응. 있어."

"욕조에 있었구나."

침묵. 말이 숨을 고르는 동안 그의 손가락 마디가 욕조 가장자리에서 하얗게 질렸다. 6주.

"민아, 뭔가 말해줘." 그녀의 목소리가 닿았을 때, 그는 천천히 몸을 일으켰다. 물이 허벅지에서, 옆구리에서, 쇄골에서 선을 그었다. 거울에는 창백과 젖은 머리와 낯선 눈빛이 겹쳐 있었다. 공포 같았으나, 막상 들여다보면 그것은 공포의 이면이었다. "아이가…" 그가 입을 뗐다. "아이가 우리를 선택한 게 아니잖아."

"무슨 말이야?"

"태어나는 건 선택이 아니잖아. 아이는 우리를 부모로 고른 적이 없어. 우리가 그 아이를 이곳으로 끌어올 뿐이야. 동의 없이."

수화기 너머에서 짧은 한숨이 스쳤다. "민아…"

"나도 그랬을 거야. 나는 선택하지 않았어. 술에 취한 아버지와 듣지 않는 어머니 사이로 태어나기를. 그런데 여기 있어. 숨을 쉬고 있어. 아니, 숨을 쉬어야만 해. 매일, 매 순간."

욕조의 수면이 눈에 들어왔다. 잔잔하고, 아무 일도 없었다는 듯 평평한 물. 그 물 아래에서는 잠시 숨을 멈출 수 있었다. 태어나기 이전의 상태, 책임 이전의 고요로 되돌아가는 짧은 통로. "우리 아이도 언젠가 묻겠지." 그가 계속했다. "왜 나를 낳았냐고. 왜 이 고통스러운 세상으로 불렀냐고. 그때 우리는 뭐라고 말하지?"

"사랑한다고. 사랑해서라고."

"그게 충분한 이유일까?"

"그래야 하지 않을까?"

그는 수건을 들어 몸의 물을 눌러 닦았다. 섬유가 물기를 마시는 동안에도, 그는 여전히 물속에 남아 있는 것 같았다. 숨을 참고 있는 자의 가슴처럼 안쪽이 느리게 들썩였다. "난 무서워." 그가 낮게 말했다. "내가 내 아버지처럼 될까 봐. 아니면 내 어머니처럼. 상처는 대물림된다고 하잖아. 내가 받은 상처를 그대로 아이에게 건네게 될까 봐."

"하지만 너는 알아." 그녀가 답했다. "어떤 상처였는지. 아는 사람은 고칠 수 있어. 최소한, 반복을 멈추려 노력할 수는 있어."

"정말 그럴까?"

"해야지. 우리 둘 다."

그는 욕실 문을 열었다. 차가운 공기가 들어왔다. 물의 기호가 지워지고 현실의 공기가 폐를 채웠다.

"병원에 같이 갈게."

"정말?"

"응. 같이 가자. 그리고… 같이 결정하자."

"결정?"

"이 아이를, 정말로 이곳으로 데려올지. 우리가 그럴 자격이 있는지."

전화 너머의 소리가 울음인지 웃음인지 한순간 판단을 허락하지 않았다. 겹치는 감정의 결이 수화기 안에서 번졌다.

"사랑해, 민아."

"나도."

전화를 끊고 그는 다시 욕조를 돌아보았다. 물은 이미 식어가는 쪽으로 기울어 있었다. 수면 위의 형광등이 흔들리다 잠잠해졌다. 그는 마개를 뽑았다. 소용돌이가 생겨 중심을 만들고, 그 중심이 물을 당겼다. 내려가는 물의 소리는 한 사람의 거대한 숨 같았다. 들이쉬고, 내쉬고, 그리고 사라지는 호흡. 그 소리를 들으며 그는 천천히 서 있었다. 오늘의 끝과 내일의 시작이, 같은 원 안에서 조용히 교차하고 있었다.

들이쉬고, 내쉬고. 숨의 양쪽 끝이 서로를 기억하듯 맞닿는 그 짧은 틈에서, 민은 손을 배로 가져갔다. 자신의 배―평평하고 약간 차가운 표면―그리고 그 어딘가와 연결되어 있을 또 다른 배의 안쪽, 유영의 몸 안에서 세포들이 조용히 분열하고 있을 것이다. 아직 얼굴도, 손가락도, 이름도 갖추지 못한 존재. 그러나 이미 시작된 생. 그들의 의지와 준비와는 무관하게 서막을 올린 사건. 시작은 언제나 시작하는 쪽의 뜻과는 무관하게 개시되곤 했다. 삶이란 종종 그렇게, 질문보다 먼저 도착했다.

거울 속에는 한 남자가 서 있었다. 상처 입은 아이였던 남자, 이제는 아버지라 불릴 수도 있는 예비의 형상. 눈을 들여다보자, 겹겹의 시간이 한 점으로 수렴했다. 옷장 속 어둠에서 숨을 접어 사라지던 아이, 깨진 그릇 조각으로 손목의 피부를 처음 열어젖힌 소년, 그리고 물속에서 죽음을 연습하며 오히려 삶의 윤곽을 더 굵게 그리는 어른—세 인물이 서로를 밀어내지 않고 한 몸의 중심을 차지했다. 그 모든 것이 자신이었고, 그 모든 것에도 불구하고, 혹은 바로 그 모든 것 덕분에, 그는 지금 여기 서 있었다. 살아 있었다.

아이도 그럴 것이다, 그는 생각했다. 상처받을 것이고, 이유를 묻고, 때로는 세상을 원망하겠지만, 그래도 결국에는 숨을 이어갈 것이다. 생이라는 건 결국 그렇게 작동하니까. 이해와 불안을 동시에 안은 채, 들이쉬고, 내쉬고—죽음에 닿기 직전까지 쉼 없이 반복되는 단순의 의식. 의미가 늘 뒤따라오지는 않을지라도, 숨은 먼저 온다. 숨이 먼저 의미를 설득한다.

민은 욕실을 나섰다. 유영이 오기를, 그리고 그녀와 대화를 나누는 시간이 오기를 기다렸다. 그리고 함께 결정해야 했다. 이 부조리한 세계에 또 하나의 호흡을 초대할 것인지, 사랑이라는 단어 하나가 문을 열기 충분한 근거가 될 수 있는지. 답은 없다는 것을 그는 이미 알고 있었다. 그럼에도 선택해야 한다는 것 또한 알고 있었다. 산다는 건 대답 없는 질문들 사이에서 계속해서 방향을 고르는 일, 질문의 무게를 어깨에 얹은 채 앞을 향해 한 발 더 디디는 일.

부엌 불을 절반만 켰다. 싱크대 옆에 둔 낮은 그릇에 물을 갈아 붓고, 꽃잎 하나를 다시 띄웠다. 표면이 아주 느리게 흔들렸다. 민은 의자에 앉아 손목의 흉터를 무심히 엄지로 훑었다.

유영이 맞은편에 앉아 컵을 두 손으로 감싸고 물었다.
"탄생이라는 거 말이야. 과연 누구의 것일까?"

민이 짧게 웃었다. 웃음이라기보다 숨이 새는 소리였다.
"대부분 부모의 것이겠지. 아이는 구두점도 모르는 채 문장 속으로 불려 오는 거고."

"그럼 출산은?"

"그 문장에 쉼표를 찍는 일… 아니면 마침표?"

유영이 고개를 저었다.
"점이라기보다 구멍 같아. 몸이 문이 되는 구멍. 세상이 통과하는 상처."

그녀는 잠깐 컵에서 김을 들이마셨다.
"나는 그 상처의 윤리를 자꾸 생각해. 내가 문이 되는 동안, 누군가는 이유 없이 여길 통과해야 하니까."

민은 그릇 속의 잔 파문을 내려다보았다.
"나는 오히려 탄생이 누구의 동의도 없이 세상에 입장하는 일이라는 사실이 더 무거워. 첫 울음은 축복이라 불리지만, 사실은 강제된 들숨이잖아. 말하자면 '살아라'라는 세계의 명령…"

"그 명령을 우리가 대리 낭독하는 거겠지."

유영이 조용히 덧붙였다. "산파의 목소리로, 의사의 손으로, 그리고 내 몸으로."

민이 말했다. "그래서 무서워. 내가 받은 걸 고스란히 넘기는 게―상처의 문법까지 따라갈까 봐."

"하지만 문법은 고칠 수 있어." 유영이 컵을 내려놓았다. "문장은 이미 시작됐더라도, 호흡을 다르게 끊을 수 있잖아. 멈춤을 허락하고, 쉼표를 늘리고, 말줄임표 대신 마침표를… 혹은 그 반대로."

민이 옅게 웃었다.

"태교를 '교육'이라 부르기 싫은 이유가 그거야. 가르침이 아니라 호흡의 취향을 전하는 일 같거든. '여긴 급하지 않아도 되는 곳이다'라는 태도."

"그럼 출산은 무슨 태도일까?"

유영의 물음에 민이 잠시 말을 멈췄다. 그릇 속 파문이 벽에 부딪혀 돌아오는 걸 보고 나서야, 천천히 입을 열었다.

"무너짐을 받아들이는 태도. 몸이 열리고 닫히는 걸 폭력이 아니라 환대의 형식으로 바꾸려는 태도."

"환대…" 유영이 단어를 오래 굴렸다.

"근데 환대에는 초대가 있고, 초대에는 책임이 따라. 우리가 누구를 초대하는지 모른다는 게 문제야. 얼굴도, 성격도, 운명도 모르는 손님. 그래서 초대하지 않는 것이 더 윤리적일 때도 있지 않을까?"

민이 그녀를 바라봤다.

"틀렸다고는 말 못 하겠어. 하지만 어떤 삶은 말이야, 초대도 없이 문 앞에 나타나. 비처럼, 우리의 의지와 무관하게 쏟아지는 것들처럼. 우리는 그것들을 관리해야 해."

유영이 방긋 웃었다.

"그럼 우리는 문지기네?"

"그래. 닫을 때와 열 때를 아는 문지기. 그리고 문턱을 닦는 사람."

"문턱을 닦는다니, 그건 또 뭐야."

유영이 웃으며 되물었다.

"미끄러지지 않게, 다치지 않게. 들어오는 사람도, 나가는 사람도—넘어지지 않도록."

민은 손등으로 이마의 습기를 닦아냈다.

"그래서 내 질문도 조금 달라졌어. '우리가 낳을 자격이 있는가'에서 '우리는 과연 준비가 되었는가'로."

유영이 고개를 천천히 기울이며 말했다.

"준비와 사랑은 다르지. 사랑은 감정이고, 준비는 실천이야. 피곤할 때도, 이유 없이 화가 날 때도, 도망치고 싶을 때도… 그때도 묵묵히 관리할 수 있을지."

민이 가만히 고개를 끄덕였다.

"나는 물속에서 오래 버티는 법을 배웠어. 사라지는 연습이었고, 동시에 돌아오는 연습이기도 했지. 그 기술을 이제는 밖으로 가져가야 해. 아이의 울음 앞에서, 서로의 분노 앞에서, 숨 막히는 순간마다—물속에 숨는 대신, 옆에 남아 있는 쪽으로."

유영이 조용히 물었다.
"민, 너한테 출산은 어떤 의미로 들려?"

민은 잠시 생각하다 웃으며 말했다.
"거대한 들숨. 모든 걸 들이마시는 첫 호흡."

"첫 소리는 아마 환희보다 공포에 가까울 거야. 하지만 그 공포를 누가 어떻게 들어주느냐에 따라, 그 소리는 곧 의미가 되겠지."

유영이 천천히 고개를 끄덕였다.
"나는 출산을 번역이라고 생각해. 물의 언어에서 공기의 언어로의 번역. 그리고 번역에는 언제나 손실이 있어. 그 손실을 애도할 시간을 주지 않으면, 번역문은 폭력이 돼."

"그래서 산후의 우울이 있는 걸까."

"응. 사라진 언어를 애도하는 시간. 동시에 새 언어의 문법을 배우는 시간."

그녀는 잠시 멈췄다가 말했다.

"혼자 하면 무너져. 둘이 해야 해. 아니면 셋, 넷… 함께
하는 번역."

유영이 컵을 들어 올렸다.

"그런데, 만약 우리가 문을 끝내 열기로 한다면, 뭘 약속
할 수 있을까?"

민은 대답을 서두르지 않았다. 꽃잎이 아주 조금 중심에
서 벗어났다가 돌아오는 걸 바라보다가, 그릇 가장자리를 손
가락으로 톡 건드렸다. 파문이 동심으로 번졌다.

"완벽을 약속할 수는 없어. 안전도, 행복도, 영원도. 대
신 두 가지는 약속하고 싶어. 먼저, 숨을 같이 세어주겠다는
것―공기의 언어로 들어온 뒤에도, 숨이 막히는 순간마다 박
자를 맞춰주겠다는 것.

그리고, 물을 기억해주겠다는 것―아이에게도, 우리에게
도, 가끔은 물가로 데려가 '조용히' 와 '유예' 를 다시 연

습하게 하겠다는 것."

유영의 눈이 잠깐 젖었다.

"나는 하나를 더. 이름을 서두르지 않겠다는 약속. 먼저 얼굴을 배우고, 목소리를 배우고, 그다음에 이름을 주자. 호명은 곧 소환이고, 소환에는 책임이 있으니까."

"좋아."
민이 고개를 끄덕였다.
"그리고 마지막 하나. 문턱의 먼지를 살피는 것. 천천히, 자주."

둘 사이로 조용한 시간이 흘렀다. 말들이 바닥에 가라앉 았다가, 다시 떠올라 표면에서 짧게 반짝였다.

유영이 물었다.
"그럼, 우리는 낳는 쪽에 가까워졌다고 말해도 될까?"

민이 숨을 들이쉬었다.
"나는 '가까워졌다' 보다 '가까이 앉았다' 가 좋아.

결정을 선언하기 전에, 결정을 품는 자리."

그는 의자에서 일어나 그릇의 물을 갈았다. 찬물과 미지근한 물을 섞어 적당한 온도를 만들고, 꽃잎을 다시 띄웠다.

유영이 그 표면을 내려다보며 물었다.
"오늘 대화, 아이가 나중에 물어보면 뭐라고 요약할래?"

민이 한참 생각하다가 대답했다.
"우리는 문을 두려워했고, 그래서 문을 배웠다고."

그 말이 방 안에 가볍게 놓였다. 둘은 한동안 그 말을 바라보듯 침묵했다. 그리고 동시에 아주 느린 숨을 들이쉬었다.

스탠드등이 침대 머리맡을 좁게 비췄다. 유영은 반쯤 기대 앉아 얇은 책의 모서리를 엄지로 살짝 접어가며 읽고 있었다. 종이 냄새가 미지근하게 올라왔다. 민이 샤워 가운에 물기를 털며 다가와 묻는다. "무슨 책이야?"

유영이 책갈피를 끼우고 고개를 들었다. "망각과 기억에 대한 신화야." 그녀가 말했다. "레테는 망각의 강. 고통을 그대로 붙들지 않도록 잠시 내려놓게 해 주는 쪽. 반대로 므네모시네는 기억의 강. 사라지지 않게 천천히 이름을 불러주는 쪽, 숨을 세어주듯 이어 가는 방식. 결국 무엇을 잊고 무엇을 남길지, 그 순서를 어떻게 정할지에 대한 이야기야. 급하게 선명해지는 걸 경계하고, 흐리지만 오래 남기는 법을 말해."

민이 베개에 기대며 미간을 풀었다. "둘 다 필요하다는 말이네." 유영이 고개를 끄덕였다. "응. 먼저 비워야 채울 수 있고, 채워야 보내지지 않거든. 우리 얘기 같아서..." 둘은 스탠드를 끄지 않은 채 잠시 조용히 누웠다. 방 안에 남은 빛이 얇아지고, 규칙적인 숨이 서로의 박자를 맞췄다. 밤은 조용했고, 그들은 같은 리듬으로 천천히 잠들었다.

제 3장

모든 것은 그날 밤 꾼 꿈에서부터 시작되었다. 욕조가 아닌, 더 깊고 더 따뜻하고 더 붉은 물의 내부. 빛이 아니라 온도가 풍경을 만드는 공간, 소리가 아니라 진동이 언어를 대신하는 장소. 형체를 갖기 전의 존재가 어딘가에, 아니 어쩌면 모든 곳에 떠 있었다. 그리고 말했다.

"나가고 싶지 않아."

민이 무의식 속에서 들은 그 목소리는 어렸다. 갓 말을 배우는 아이처럼 더듬거렸지만, 동시에 태초의 어휘를 알고 있는 무척 오래된 음색이었다. 민은 그 떨림을 듣는 동안 가슴이 작게 조여드는 것을 느꼈다. 낯선데 익숙한 소리. 마치 자신의 목소리를 어린 시절로 되감아 한 번 더 녹음해 들려주는 것처럼, 어긋나지 않고 정확하게 닮아 있었다. "여기가 좋아. 따뜻해. 안전해." 목소리는 울먹였고, 그는 위로하고 싶었지만 물속이라 말할 수 없었다. 입을 여는 순간 물이 들어올 것이고, 물이 들어오면 꿈의 질서가 깨질 것이었다. 그는 그저 들었다. "나를 내보내지 마. 제발." 그 간절함이 물결처럼 몸을 감싸는 순간, 그는 깨어났다.

새벽 3시 14분. 시트는 땀으로 축축했고, 유영은 옆에서 깊은 숨을 쉬고 있었다. 이불 위로 배가 부드럽게 솟아 있었다. 임신 14주. 배는 이제 확실히 모양을 드러내기 시작했다. 민은 조심스레 손을 얹었다. 따뜻했다. 그 안에서 무언가가 자라고 있었다. 세포가 나뉘고, 조직이 모이고, 뼈가 조근조근 제 자리를 찾아가고 있었다. 그리고 어쩌면, 그는 생각했다, 저 작은 내부에서도 꿈이 시작되고 있을지 모른다고. 꿈은 종종 의식보다 먼저 도착하니까.

물 한 잔이 필요했다. 부엌으로 나와 냉기를 한 모금 삼키자, 차가움이 목을 타고 흘러 내장 쪽으로 내려갔다. 창밖의 도시는 대부분의 불을 덜어냈고, 가로등만이 일정한 간격으로 밤의 뼈대를 세우고 있었다. 어쩌다 택시 한 대가 조용히 지나갔다. 평화로워 보이는 풍경. 그러나 그 평화의 표면 아래 얼마나 많은 고통이 눌려 있는지, 그는 알았다. 보이지 않는 것이 사라진 건 아니라는 사실을 일찍 배웠기 때문이다.

"또 그 꿈?" 등 뒤에서 유영이 물었다. 그는 놀라지 않았다. 그녀는 언제나 그의 불면을 알아챘다. "응." "같은 목소리?" "응. 나가고 싶지 않다고. 밖이 무섭다고." 그녀는 그의 옆에 서서 물을 따랐다. 요즘 들어 자주 목이 마르다 했다. "그냥 꿈이야, 민아. 네가 불안해서 그래. 아빠가 되는 게 무서워서."

"그것만은 아닌 것 같아." 입술에 맺힌 물기를 엄지로 훔치며 그가 말했다. "그럼 뭔데?" 그는 잠시 말을 고르다 멈추었다. 어떻게 설명해야 할지 알 수 없었다. 그 목소리가 너무 살아 있었다는 것을, 마치 정말 누군가가 그에게 말을 건네는 것 같았다는 것을. 그리고 그 누군가가—

"우리 아기인 것 같아."

유영은 웃었지만, 웃음에 얇은 불편이 섞였다. "아기
가 어떻게 말을 해. 아직 뇌도 제대로 발달하지 않았는데."
"알아. 말이 안 되는 거 알아. 하지만…" 그는 말을 잇지 못
한 채 그녀의 배로 시선을 옮겼다. 이불 아래에서 아주 미세
한 물결이 일었다. "어, 차고 있어." 유영이 손을 대며 말했
다. "아파?" "아니, 간지러워. 신기해." 민은 그녀의 손
위에 자신의 손을 겹쳤다. 정말로 무언가가 움직이고 있었다.
팔인지 다리인지 가늠할 수 없지만, 분명히 살아 있는 움직
임. 그 순간, 그는 더욱 분명히 알았다. 의식이 있든 없든, 저
안에는 분명히 '있음'이 자라나고 있다는 것을. "내일 초
음파 검사지?" 그가 물었다. "응. 같이 갈 수 있어?" "당
연하지."

다시 침대로 돌아왔지만 잠은 쉽게 찾아오지 않았다. 천
장을 바라보며 그는 꿈의 문장을 되감았다. '나가고 싶지 않
아.' 그건 자신의 목소리였을까, 정말로 아이의 목소리였을
까, 아니면 모든 태아가 공유하는 원초적인 두려움의 합창이
었을까. 그는 아주 오래전 어머니가 건넸던 말을 떠올렸다.

예정일을 2주나 넘겨 유도분만을 했다고, "넌 세상에 나오기 싫어했나 봐." 어머니는 웃으며 말했지만, 그 문장은 희극의 옷을 입은 진담처럼 그의 안쪽 어딘가에 남았다. 어쩌면 그때부터 이미 알고 있었는지도 모른다. 바깥이 얼마나 차고, 얼마나 눈부시며, 얼마나 아플 수 있는 곳인지. 그럼에도 불구하고 우리가 결국 바깥으로 나오는 이유를, 그리고 나와버린 뒤에는 끝내 숨을 이어가야만 한다는 사실을.

다음 날 오후, 병원. 초음파실은 작은 극장처럼 어둡고, 모니터의 푸른 빛만이 방의 표면을 얇게 씻고 지나갔다. 유영이 검사대에 눕고, 의사가 젤을 짜 올리자 차가움이 복부의 곡선을 따라 번졌다. 탐촉자가 아주 조심스러운 손놀림으로 배 위를 미끄러졌다. 화면에는 처음엔 의미를 알 수 없는 점과 선의 폭풍이 일었고, 곧 그 소용돌이 속에서 질서가 잡혔다. "여기가 머리, 여기가 척추… 팔은 여기." 설명의 손끝이 지나갈 때마다 그림자는 사람의 문장으로 다듬어졌다. 작지만 완결된 형태, 머리와 팔다리와 손가락, 그리고—분명한 박동. 작은 심장이 스스로를 증명하듯 빠르게 말을 걸었다. "심박수도 좋아요. 분당 약 150회." 모니터 속 존재는 팔을 접었다 펴고, 다리를 가볍게 차며, 마치 온도의 문장을 익히

듯 몸을 뒤집었다. 양수라는 바다에서 유영하는 작은 생, 물결 하나로도 세계가 바뀌는 곳의 거주자.

"성별도 볼까요?" 의사가 망설임 없이 각도를 바꾸었다. "아, 보입니다. 아들이네요. 축하드립니다." 단어 하나가 방 안의 공기를 재배치했다. 아들—민의 가슴이 잠깐 멈췄다 다시 움직였다. 자신과 같은 방향의 성, 자신의 시간과 더 진하게 연결될지도 모를 서사. 반복의 가능성과 수정의 가능성이 동시에 솟았다 가라앉았다. "얼굴도 잘 보이네요. 코, 입술…" 민은 자신도 모르게 호흡을 접었다. 마치 물속에 있는 사람처럼. 그때 화면 속 아이가 아주 작게 입을 벌렸다. 숨의 연습. 민의 등줄기를 서늘하게 훑고 지나간 말. 아이는 들이쉬는 법을 배우고, 그는 오래 내쉬지 않는 법을 연습한다. 아이는 삶으로 가는 길을 훈련하고, 그는 죽음의 변두리를 더듬는다—두 개의 연습이 같은 집에서 교차했다.

화면이 3D로 전환되자 황금빛의 입체가 떠올랐다. 아직 완성되지 않았으나 이미 분명한 얼굴. 닮았다고 말하기엔 이르고, 다르다고 말하기에도 이른 그 사이의 표정. 눈은 감겨 있고, 입술은 미세한 곡선을 만들며, 양수의 온도 속에서 완전하게 안전한 풍경을 이루고 있었다. "예쁘네요. 아주 건강해 보여요." 의사의 말이 물결처럼 퍼졌다. 민은 대답하지 못했다. 그저 보는 일에 전념했다. 아직 세상의 무게를 모르는 얼굴, 숨 쉬는 일이 얼마나 큰 노동인지 모르는 얼굴—그러나 곧 배우게 될 얼굴.

사진을 출력해 들고 병원을 나설 때, 바깥의 빛은 병실의 푸른 빛과 전혀 다른 성질이었다. 거친 바람결이 커튼처럼 복도를 스쳤다. 유영이 사진을 들어 보이며 말했다. "아들이래. 우리 아들." 민은 고개를 끄덕였지만 말은 더디었다. 기쁨과 두려움과 슬픔의 가장자리가 서로를 물어뜯다 결국 하나의 덩어리로 엉키는 기분. "기분이 어때?"라는 질문에 그는 잠시 침묵했다가 낮게 말했다. "그 애도… 나가고 싶지 않을 거야." 유영이 멈춰 그를 바라봤다. "태어나고 싶지 않을 거라고. 저기 안은 따뜻하고 안전한데, 왜 나오고 싶겠어. 밖은 차갑고, 시끄럽고… 때로는 잔인하니까." 그녀는 민의 팔을 가만히 잡았다. "그래도 나와야 해. 그게 삶이야. 모두가 그렇게 나왔어. 너도, 나도." 민은 고개를 옆으로 기울이며 거의 속삭이듯 물었다. "그래서 모두가 불행한 건 아닐까?" 그녀는 고개를 저으며 말했다. "그래서 모두가 살아 있는 거야."

　주차장으로 내려가는 길, 민은 사진 속 웅크린 실루엣을 다시 보았다. 물속에서 몸을 말아 자신을 보호하는 자세. 아들—원하든 원치 않든 언젠가 수면 위로 올라와야 하는 존재. 숨을 들이마실 준비를 하는 존재.

　그날 밤의 꿈은 병원으로 옮겨왔다. 이번엔 물이 아니라 분만실. 조명이 하얗게 떠 있고, 공기가 소독의 냄새로 꽉 차 있으며, 누군가가 숫자를 세고, 누군가가 "지금!"이라고 외친다. 유영의 얼굴이 파도처럼 일렁였고, 마침내 울음이 터졌다. 그러나 그것은 울음이 아니라 절규였다. "싫어! 들어가고 싶어! 다시… 안으로!" 민은 아이를 안으려 했지만 아이는 그의 품을 밀어냈다. 차가운 공기에 맞닥뜨린 피부가 붉게 달아오르고, 폐가 처음으로 공기를 맞아들일 때 타들어가는 듯한 고통의 표정. 그는 꿈속에서 말했다. "미안해. 정말, 미안해." 그러나 울음은 멈추지 않았다. 세상이 시작되는 방식이란 대개 그렇게—환영과 거부가 뒤엉킨 비명을 통과하는 일이니까.

새벽 4시 22분. 그는 땀에 젖은 티셔츠를 들어 올려 식은 공기를 가슴에 들이마셨다. 옆에서는 유영이 조용히 자고 있었고, 이불 위로 부드러운 둥근 산이 솟아 있었다. 그는 살금살금 몸을 기울여 그 배에 귀를 대었다. 아무 소리도 들리지 않았다. 그러나 고요의 안쪽에서 무언가가 자라고 있다는 확신은 더 선명해졌다. 보이지 않는 것은 사라진 것이 아니라, 아직 이름을 얻지 않았을 뿐.

"미안해." 그는 아주 작은 목소리로 말했다. "여기로 데려와서 미안해. 하지만… 최선을 다할게. 네가 숨 쉬는 일이 너무 고통스럽지 않게. 네가 물속으로 도망치지 않게…" 배 속에서 가벼운 진동이 일었다. 태동—대답처럼 느껴지는, 그러나 단정할 수 없는 신호. 그는 눈을 감았다. 앞으로 다섯 달—아들이 수면을 뚫고 올라올 때까지 남은 시간. 그 다섯 달 동안 준비해야 할 것은 아버지라는 호칭보다, 초대해 버린 세계에 대한 책임이었다.

그리고 아마, 자신 또한 물 밖으로 나오는 연습이 필요하리라. 욕조의 의식을 잠시 멈추고, 공기의 가혹함을 견디는 훈련. 아들에게 보여주기 위해—밖이 전부 나쁘지만은 않다고, 숨이 전부 고통만은 아니라고. 설령 그 말이 반쯤 거짓이라 하더라도, 거짓이 누군가의 첫 호흡을 지탱해 준다면, 그 거짓은 진실의 예행일지 모른다.

그는 사진을 머리맡에 두었다. 검은 배경 속 황금빛 얼굴이 작게 누워 있었다. 유영의 규칙적인 숨이 방의 어둠을 천천히 오르내리게 했다. 들이쉬고, 내쉬고―낯선 존재가 다가올 때마다 사람들은 이렇게 자신의 호흡부터 다시 배우곤 했다. 답 없는 질문들 사이에서, 방향을 택하고, 불안을 데리고, 그래도 한 번 더 숨을 쉰다.

임신 32주째 되던 날이었다. 물은 언제나처럼 뜨거웠고, 형광등의 빛은 수면 위에서 길게 부서졌다. 민은 숨을 길게 들이마신 뒤 천천히 가라앉았다. 붉은 어둠이 눈꺼풀 안쪽을 채웠다. 그때―이제는 너무 익숙해져 버린 음색이 물을 타고 몸 안으로 스며들었다. "아빠." 부유하는 소리의 흔들림이 아니었다. 분명한 호명이었다.

"아빠, 나 여기 있고 싶어." 목소리는 더 이상 울림의 잔상에 머물지 않았다. 하나의 존재가 제 온도로 말을 걸어왔다. 폐가 서서히 뜨거운 모래처럼 조여들었지만, 민은 움직이지 않았다. 더 듣고자 했기 때문이다. "밖은 너무 밝아. 너무 시끄러워. 너무 차가워." 시계가 없다 해도 알 수 있는 한계의 경계가 다가왔다. 1분 30초쯤—시야의 가장자리가 서서히 검어지며 오목한 터널을 만들 때, 목소리가 마지막 설득을 건넸다. "아빠도 여기 있고 싶지? 아빠도 물속이 좋지? 우리 같이 있자." 그 말이 물의 표면을 안쪽에서 밀어 올리듯 귓속을 울릴 때, 민은 수면을 찢고 나왔다. 공기가 폭포처럼 폐로 쏟아졌고, 심장은 제 속도를 잃은 북처럼 마구 두드렸다.

그때 문이 벌컥 열렸다. "민아!" 유영이었다. 얼굴은 창백했고, 한 손은 단단히 배를 움켜쥐고 있었다. "진통이⋯ 시작됐어."

물은 바닥으로 쏟아져 타일을 번들거리게 했다. 민은 수건으로 급히 물기를 훑어내며 옷을 걸쳤다. 유영은 벽에 등을 대고 숨을 고르려 했지만, 고르는 쪽보다 밀려오는 쪽이 더 빨랐다. "괜찮아? 간격은?" "10분⋯ 아니 5분⋯ 너무 일러. 아직 32주인데⋯" 민은 그녀의 어깨를 부축해 걸음을 만들었다. 이마에 맺힌 땀이 작은 이슬처럼 머리카락 사이로 스며들었다. 그는 열쇠를 움켜쥐고 말했다. "병원 가자. 지금."

차가 도로를 잡아끌듯 나아갔다. 새벽의 신호들은 붉고 초록으로 차례를 바꾸었지만, 민에게 시간은 한 가지 색으로만 흐르는 것 같았다. 유영은 진통이 올 때마다 몸을 새우처럼 말아 올렸고, 그때마다 자동차의 공간은 조금 더 좁아졌다. "민아…" 그녀가 헐떡이며 말했다. "뭔가… 이상해." "뭐가?" "아기가… 안 움직여." 민의 손아귀가 핸들을 더 세게 쥐었다. 백미러에 비친 그녀의 얼굴 위로 공포의 그림자가 얇게 겹쳤다. 바로 그때, 들렸다. 아니, 민에게만 들렸다. "가기 싫어." 차 안 어딘가가 아니라 그의 두개골 안, 가슴뼈 뒤, 더 깊은 데서 울려 나오는 소리. "아빠, 나 나가기 싫어. 제발." 민은 고개를 아주 작게 흔들었다. 길을 보아야 했다. 길만이 지금 할 수 있는 단 하나의 일처럼 보였다.

응급실 앞에 차가 미끄러지듯 멈추자, 휠체어가 바람처럼 달려 나왔다. 유영이 이송되고, 민은 뒤를 쫓았다. "조기 진통이에요." 간호사의 짧은 말이 복도를 가로질렀다. 분만실은 차가웠다. 형광등의 흰빛이 너무 밝았고, 기계 소리는 너무 정확했다. 전극들이 피부 위에 붙고, 수액이 들어가고, 벨트가 둥글게 복부를 감싸며 수치들이 선으로 번역되었다. 의사가 모니터를 보며 미간을 좁혔다. "태아 심박수가… 너무 느립니다."

민은 유영의 손을 잡았다. 손은 축축했고, 온도는 낮았다. "선생님, 우리 아기는요?" 유영의 목소리는 가느다란 실처럼 떨렸다. "최선을 다하겠습니다. 다만… 32주는 이릅니다. 인큐베이터 준비 중입니다." 말이 끝나기도 전에 또 다른 말이, 다른 방향에서, 다른 문법으로 들려왔다. "아빠, 나 준비 안 됐어. 아직 안 돼. 여기 있을래." 민은 본능적으로 귀를 막았다. 그러나 소리는 귀가 아닌 곳에서 자랐기에, 막을 수 없었다. "민아, 왜 그래?" 유영이 묻자 그는 고개를 저었다. "괜찮아. 아니야." 괜찮다는 말은 언제나 같지만, 같은 말이 같은 의미를 보장해 주지는 않는다.

기계음이 급해졌다. 화면의 숫자들이 깜빡이며 서로의 자리를 바꾸었다. 의사들의 발걸음이 서두르고, 누군가가 준비 목록을 읽었다. "심박수 계속 하강. 제왕절개 준비하세요." 유영의 눈가에 물기가 맺혔다. "안 돼… 아직 이른데… 우리 아기…" 민은 그녀를 끌어안았다. 그녀의 몸은 파도처럼 경직되었다가 풀어졌고, 그 사이사이에 짧은 평온이 모래톱처럼 드러났다 사라졌다. "괜찮을 거야." 민이 말했다. 하지만 그는 안쪽에서 알았다. 지금 이 말이 누구를 위해 놓인 것인지—그녀를 위해서인지, 자신을 위해서인지, 혹은 아무도 아닌 빈자리를 위해서인지. 그때 목소리가 울먹이며 다시 올라왔다. "아빠, 제발. 나 무서워. 밖은… 무서워. 차가워. 아파."

민은 눈을 감았다. 어둠이 의외로 덜 차갑다고 느낀 것은 오래전 한밤이었다. 예정일을 넘겨 유도분만으로 겨우 끌려나왔다는 이야기를 어머니에게 들었을 때, 그는 어렴풋이 이해했다. 자신이 '나오기 싫어했던 아이'였음을. 그리고 나오고 나서 마주해야 했던 것들—술 냄새를 일상의 공기처럼 품고 살던 아버지, TV 볼륨으로 현실의 소리를 지우던 어머니, 깨진 그릇 조각 사이에 흩어진 말들, 피부 위에 새겨 넣었던 얇고 깊은 선들, 그리고 언제든 제 온도를 복원해 주는 물. 그의 삶은 늘 물과 공기 사이를 오갔다. 물은 그를 감쌌고, 공기는 그를 드러냈다. 둘 중 어느 것도 완전한 피난처가 되어주진 않았지만, 둘 다 그를 여기까지 데려왔다.

형광등의 윙윙거림이 복도를 얇게 긁고 지나갔다. "아빠도 알지? 밖이 얼마나 무서운지. 그러니까 물속에 들어가는 거지? 그러니까 숨을 참는 거지?" 물속에서 들리던 그 말은 수술실 앞에서도 여전히 이어졌다. 목소리는 훨씬 더 안쪽, 뼈와 뼈 사이의 빈 곳에서 울렸다. "심박수 50 이하!" 간호사의 외침이 공기를 끊었고, "응급 제왕절개! 지금!"이라는 명령이 바퀴 소리와 함께 미끄러졌다. 민이 따라 나서려 할 때, 손바닥 같은 말이 가로막았다. "보호자분은 여기서." "아내가…" "최선을 다하겠습니다." 문이 닫혔다. 백색 소음은 더 커졌고, 민은 차가운 플라스틱 의자에 몸을 내려놓았다. 다른 어디선가 새로 태어난 아이의 건강한 울음이 얇게 스며와 공기를 울렸다. 그 반대편에서, 다른 음색이 계속되었다.

"아빠, 미안해. 나 못 나가겠어. 너무 무서워."

그는 두 손으로 머리를 감쌌다. 이것이 죄책감이 만들어 낸 환청인지, 정말로 아들의 목소리인지, 혹은 둘 다인지 알 수 없었다.

시간은 표정을 잃었다. 30분, 1시간—숫자는 있었으나 경과는 없었다. 마침내 문이 열렸고, 의사가 마스크를 벗으며 다가왔다. 표정은 빛을 품지 못했다. "보호자분…" 민은 일어섰다. 다리가 가늘게 떨렸다. "죄송합니다. 최선을 다했지만…" 그 다음의 말들은 물속으로 가라앉았다. 탯줄 압박, 저산소증, 심정지—단어들이 수면 아래서 방향을 잃고 흔들렸다. "아내는…" 겨우 묻자, "산모는 안정을 찾았습니다. 지금 회복실에."

회복실의 공기는 너무 깨끗했다. 유영은 눈을 감고 누워 있었고, 감고 있는 척하는 눈꺼풀 아래로 눈물이 조용히 흘렀다. 민은 곁에 앉았으나 말은 올라오지 않았다. 무엇을 말해야 하는지, 어떤 언어가 허용되는지 알 수 없었다. "들었어." 그녀가 눈을 뜨지 않은 채 말했다. "우리 아기… 못 나왔대." "유영아…" "32주였어. 요즘은 25주도 산다는데." 그는 입술을 깨물었다. "왜 못 나온 걸까. 왜 나오기 싫었을까." 대답 대신, 어딘가 아주 멀리서—혹은 너무 가까운 안쪽에서—미세한 목소리가 한 번 더 스쳤다. 미안해, 아빠. 정말 무서웠어.

새벽이 밝아오고, 병실의 유리창을 타고 첫 빛이 들어왔다. 새로운 날—그러나 그들에겐 분명히 무언가가 끝난 날이었다. 민은 생각했다. 아들은 결국 하나의 선택을 한 것일까. 나가지 않기로. 차갑고 밝고 시끄러운 쪽이 아니라, 따뜻하고 어두운 내부에 머물기로. 영원히 숨을 참고, 영원히 물속에 머물기로. 어쩌면 그것이 가장 현명한 선택이었는지도 모른다—그렇게 생각하는 자신이 비겁하다는 걸 알면서도. 그는 알았다. 자신이 다시 욕조로 돌아갈 것을. 다시 숨을 길게 들이마시고 오래 내쉴 것을. 다만 이번엔, 그 물속에서 아들의 목소리는 들리지 않으리라는 것을. 아들은 이미 자신의 물에서, 영원히 숨을 참기로 했으니까. 나오지 않기로 했으니까.

유산 후 삼 주. 달력은 넘겨지지 않았고, 시간은 같은 연못을 도는 물돌이처럼 제자리로 되돌아왔다. 유영의 회복은 느렸다. 몸보다 마음이, 상처보다 공백이 문제였다. 그녀는 먹지 않았고, 말하지 않았고, 침대 밖으로 잘 나오지 않았다. 민은 곁을 지켰다. 지킨다는 말이 때로는 무력의 다른 이름임을 알게 되면서도, 그 무력을 떠나지 않기로 했다.

들숨. 멈춤. 날숨. 호흡은 문장보다 먼저 도착했고, 문장을 대신해 무엇인가를 전했다. 그는 말을 찾지 못하는 날의 침묵이 언젠가 올 말을 지탱하리라는 것을 어렴풋이 알고 있었다. 물은 그의 하루에 구간을 만들었다. 따뜻함은 해가 되고, 해는 곧바로 위안이 되었고, 위안은 다시 욕조의 표면으로 돌아와 소멸했다. 눈을 감으면 물의 온기는 남아 있었지만, 음성의 체온은 돌아오지 않았다. 아들을 찾기 위해 물속의 귀를 세웠으나, 파도는 더 이상 문장을 만들지 않았다.

들숨은 짧게, 날숨은 길게—그렇게만 했다. 붙드는 마음을 내려놓을수록, 잠깐의 여백이 숨 사이에 피어났다. 그 여백을 그는 공(空)의 다른 이름으로 불렀다.

유영은 불을 더 낮췄다. 거실 한가운데 작은 상을 끌어놓고, 흰 사발을 씻어 미지근한 물을 반쯤 채웠다. 오늘 낮에 사온 꽃다발에서 가장 연한 잎들을 몇 장 골라 냈다. 줄기를 비스듬히 자르자 잘린 면이 잠깐 유리처럼 반짝이고, 금세 물빛으로 흐려졌다.

사발 속에 잎을 하나씩 띄웠다. 들숨 하나, 잎 하나. 날숨 하나, 잎 하나. 가장자리를 따라 돌리듯 놓아 둥근 선을 만들고 가운데는 비워 두었다. 빈 곳이 자리 같았다. 아직 오지 못한 자리, 다녀간 자리, 이름 없는 자리.

그녀는 초음파 사진을 흰 천으로 감싸 상 아래에 조용히 밀어 넣었다. 말은 꺼내지 않았다. 대신 손바닥을 사발 밑에 대어 온기를 건넸다. 손의 열이 물로 옮아가자 표면이 아주 얇게 떨리고, 잔물결이 서로를 부르듯 겹쳤다. 빗소리가 멀어졌다 가까워졌다 하며 창틀을 두드렸다.

유영은 사발 가장자리에 손가락을 얹고 아주 천천히 돌렸다. 잎들이 서로의 모서리를 스치며 작은 원을 좇았다가, 금세 각자 자리로 돌아왔다. "왔고, 갔고," 속으로만 말했다. "고마워." 그리고 "미안해." 두 단어가 물속으로 떨어져 소리 없이 풀렸다.

그녀는 마지막 잎 한 장을 손바닥에 올려 가만히 눌렀다. 손금 사이로 얇은 맥이 느껴졌다가 사라졌다. 그 잎만 따로 유리병에 담아 창가에 세웠다. 남기는 몫과 보내는 몫을 나누는 일—오늘은 그 정도면 됐다.

사발을 들어 욕실로 갔다. 배수구 위에 한 번 멈췄다가, 물을 기울였다. 물이 먼저 갔다. 꽃은 잠깐 남아 빙 돌다가, 뒤따라 사라졌다. 소용돌이가 작은 중심을 만들고, 그 중심이 잎을 데려갔다. 소리는 한 사람의 아주 긴 날숨 같았다.

시간은 더 이상 고여 있지 않고, 얇고 투명하게 흐르기 시작했다. 계절이 바뀌는 동안 민과 유영의 슬픔은 닳고 닳아, 날카로운 모서리를 잃고 오래된 강돌처럼 매끄러워졌다. 집을 채우던 무거운 침묵은 이제 모든 것을 품는 깊은 고요가 되었다. 그들은 절망의 가장 깊은 바닥을 딛고, 각자의 방식으로 수면을 향해 아주 느리게 떠오르고 있었다.

민의 익사 연습은 자아의 경계를 허무는 수행이었다. 물속에서 그는 더 이상 아들의 목소리를 찾지 않았다. 대신 그는 모든 소리가 사라진 절대적인 고요 속에서, 자신 또한 하나의 물방울이 되어 거대한 흐름과 합쳐지는 것을 느꼈다. 숨을 참는다는 의식조차 사라진 어느 순간, 그는 공기의 필요성으로부터 해방되었다. 그의 몸은 물의 언어를 배웠고, 물과 자신 사이에 경계가 없음을 깨달았다. 그는 태어나기 이전의 상태, 모든 것이 하나였던 태초의 평화 속으로 들어갔다.

그것은 삶의 또 다른 형태였다. 물 밖으로 나왔을 때, 그는 더 이상 젖은 슬픔에 잠식당하지 않았다. 오히려 깊은 잠에서 깨어난 사람처럼 그의 영혼은 이상할 만큼 맑고 평온했다.

유영의 상실감 또한 다른 차원으로 접어들었다. 그녀의 마음을 채웠던 거대한 공백은 이제 무한한 가능성을 품은 여백이 되었다. 그녀는 더 이상 아이의 흔적을 찾아 헤매지 않았다. 대신 창가에 앉아 비가 내리고, 구름이 흐르고, 빛이 방 안의 먼지를 비추는 것을 가만히 바라보았다. 그녀는 그 모든 움직임 속에서 거대한 생명의 순환을 보았다. 태어남과 죽음, 피어남과 시듦이 하나의 거대한 춤의 일부임을 이해했다. 그녀는 자신의 몸을 더 이상 아이를 잃어버린 실패한 그릇으로 보지 않았다. 그저 자연의 일부로서, 모든 것을 잠시 머물게 했다가 다시 떠나보내는, 고요한 통로로 받아들이게 되었다. 그녀는 슬픔과 하나가 되었다.

어느 날 저녁, 민이 아주 오랜 시간 끝에 욕실에서 나왔을 때, 그의 몸에서는 안개처럼 신비로운 고요함이 피어오르고 있었다. 창가에 앉아 있던 유영이 그를 돌아보았다. 그들의 시선이 허공에서 마주쳤다. 거기에는 어떤 질문도, 대답도, 위로도 없었다. 대신 아주 깊은 이해와 긍정이 있었다. 그들은 각자의 고독한 항해 끝에 같은 바다에 도착했음을, 말없이 알아보았다. 그들은 더 이상 상실에 갇힌 피해자가 아니었다. 생과 사의 경계를 맨몸으로 건너, 그 너머의 풍경을 잠시 엿보고 돌아온 순례자들이었다. 그들의 집은 두 수행자를 위한 고요한 사원이 되었다. 그리고 그 충만한 고요 속에서, 무언가 새로운 것이 조용히 싹틀 준비를 하고 있었다.

유영은 조용히 책을 읽기 시작했다.

Interlude − 레테

레테라는 강이 있었다. 저승의 다섯 물길 가운데서 가장 말을 아끼는 강, 돌을 지나며 스스로 새긴 문장을 스스로 지워내는 강. 이 강가에 서면 바람조차 발목을 적시기 전에 되돌아갔다. 살아 있을 때는 사건이었고 설명이었던 것들이 여기서는 질감과 무게만을 남겼다. 강은 묻지 않았다. 누구였는지, 무엇을 사랑했는지, 무엇을 잃었는지. 다만 흐르며, 흘러야 하는 만큼만 흘렀다.

밤의 마지막 배가 닿으면 영혼들은 차례대로 내렸다. 각자는 품속에서 가장 오래 붙든 장면의 모서리를 만지작거리다, 물가에 선 채 잠간 숨을 고르고, 그제야 강을 바라보았다. 강은 잔잔했다. 잔잔함은 무표정이 아니라, 모든 울음을 통과한 뒤에야 얻는 표면이었다. 누군가는 두 손을 모아 물을 뜨고, 누군가는 사공이 내민 그릇에 입을 댔다. 한 모금이 목을 적실 때, 기억은 도망치지 않았다. 도망은 도리어 더 깊은 붙들림이었으므로. 기억은 느슨해졌다. 젖은 매듭이 풀리듯, 미움은 빛의 가장자리로 물러나고 사랑은 체온만 남겼다. 강은 빼앗지 않았다. 각자의 무게를 각자의 자리로 돌려주었을 뿐이다. 고통은 고통에게, 흙은 흙에게, 말은 말에게. 망각이라 불렸으나, 실제로는 회수의 예식이었다.

전승은 때로 이 강을 경계하라 일렀다. 잊지 말아라, 깨어 있어라, 다른 샘을 찾아라. 그러나 레테는 결코 함정이라 부를 수 없었다. 과하게 선명해진 것들의 가장자리를 둥글게 만들어, 다음 들숨이 앉을 자리를 미리 비워두는 강. 너무 일찍 언어가 된 슬픔을 다시 온도의 상태로 돌려보내고, '왜'라는 질문을 '지금'이라는 호흡과 속도를 맞추게 하는 강. 잊는다는 말의 비밀은 부정이 아니라 여백에 있었다. 여백만이 새로운 들숨을 허락했으므로. 이 강은 죄를 씻지 않았고, 책임을 지우지도 않았다. 다만 남은 자가 주머니에서 작은 돌들을 하나씩 꺼내 강물에 놓는 법을, 손가락에서 힘을 빼는 요령을, 보내는 일이 배신이 아니라 환대의 한 형식일 수 있음을 가르쳤다.

레테에는 계절이 없었다. 그래도 사람들은 그 변화를 알아차렸다. 장례 뒤 첫 비가 내릴 때, 배수구에 사발의 물을 기울일 때, 잠들기 직전 방 안의 소리가 한 번 낮아질 때—그 얕은 소용돌이마다 이 강이 다녀갔다. 코끝에서 오래된 향이 사라지고, 옷에서 누군가의 냄새가 빠져나가고, 베개가 한 사람의 무게를 천천히 잊을 때, 강은 보이지 않는 다리로 집 안을 건너갔다. 병원 복도에서 마취가 스르르 내려앉아 이름들을 잠깐 끄는 시간, 울음 직후의 공기가 허옇게 비워지는 틈, 사랑한다는 말보다 먼저 가슴에서 멈칫하는 침묵—그것들이 강의 지류였다. 어디든 표면이 다시 평평해질 때, 그 평평함은 무심이 아니라 애도의 마지막 얼굴이었다.

사공은 말을 아꼈다. 물은 말을 대신했다. 그는 배를 붙들고 서서, 너무 무거운 사연을 든 이들에게만 아주 낮은 목소리로 말했다. "천천히." 그 말은 속도를 가리키는 동시에 태도를 가리켰다. 천천히란 덜 느끼겠다는 뜻이 아니라, 끝내 느끼겠다는 뜻이었다. 입술만 적시는 자도 있었고, 물속으로 천천히 잠겨 전 생을 온몸으로 적시는 자도 있었다. 누군가는 컵을 두 번, 세 번 내리며 주저했고, 누군가는 첫 모금 뒤 바로 물러섰다. 강은 누구도 재촉하지 않았다. 되돌아서는 발뒤꿈치에 흙을 얹어주고, 더 머무르는 발바닥엔 미세한 냉기를 보태어 주었다. 잊는 일은 언제나 타이밍의 문제였고, 타이밍은 각자의 숨이 정했다.

강은 또한 남은 자들의 강이었다. 저편으로 건너간 이들이 아니라, 강가에 무릎을 세우고 앉아 물결만 바라보는 사람들의 강. 그들에게 레테는 지우개가 아니라 받침대가 되었다. 떨리는 그릇을 받쳐 주는 둥근 나무조각처럼, 손이 가라앉을 때까지 버텨주는 온도의 받침. 그들은 물을 건너지 않았다. 대신 물의 법을 배웠다. 들숨은 세상을 자기 쪽으로 당기는 일, 날숨은 세상을 자기에게서 놓아주는 일—삶은 그 번갈음으로 성립된다는 것. 사랑이 들숨만으로는 버틸 수 없듯, 애도도 날숨을 배우지 않으면 끝나지 않는다는 것. 강가에서 그들은 자주, 아주 길게 숨을 내쉬었다. 그 길어진 날숨이 바로 레테의 물 한 모금이었다.

아이의 이름을 부르지 못한 이들도 강을 찾았다. 아직 얼굴도 문장도 갖지 못한 채 돌아간 존재를 품은 이들이었다. 그들은 무언가를 강에 건네야 한다고 느꼈지만, 무엇을 건네야 하는지는 알지 못했다. 강은 그 무지를 책하지 않았다. 사발의 물을 반쯤 채워둔 채, 그들을 오래 기다렸다. 어느 날 그들은 종종 꽃잎 하나를 띄우고 돌아갔다. 꽃은 잠깐 원을 그리다 소용돌이의 중심으로 사라졌다. 사라짐은 꺼짐이 아니라 이동임을, 한 물에서 다른 물로 건너감임을 강은 조용히 보여주었다. 그날 밤, 그들은 비로소 덜 울었다. 울음의 속도를 조금 늦추는 법을 알게 되었기 때문이었다.

가끔은 강이 먼저 흘러왔다. 도시의 배수관을 타고, 욕조의 마개를 통해, 머리맡의 컵 속까지. 누군가는 꿈에서 그 물의 기미를 맡았다. 문장들이 스르르 내려앉고, 장면들이 가장자리를 잃어 중앙으로 모여들며, 마지막에는 온도만 남는 꿈. 깨어나면 방은 그대로였지만, 손의 무게가 달라졌다. 붙들던 것을 잠깐 내려두는 법―그 단 하나의 기술이 손끝에 들어왔다. 레테는 기술의 강이기도 했다. 잃을 것을 더 이상 잃지 않게 하는 기술, 남을 것을 과하게 남기지 않게 하는 기술. 그 기술은 화려하지 않았고, 눈에 띄지도 않았다. 다만 오래 갔다.

이 강을 건넌 자들은 대개 무엇을 잊었는지 기억하지 못했다. 그게 강의 일이라 오해하곤 했지만, 실은 강의 덕이었다. 잊은 것을 기억하지 못해도, 기억하지 못한 덕분에 살아갈 수 있었다. 강은 증명에 관심이 없었다. 다만 한 사람의 숨이 다시 문장이 될 수 있을 만큼의 여백을 만들어 주는 데 관심이 있었다. 그렇게 다시 문장이 된 숨으로, 사람들은 하루를 겨우 통과했다.

그래서 레테라는 강이 있었다. 잊기 위해서만이 아니라, 다시 기억할 수 있도록. 지워버리기 위해서가 아니라, 더 견고한 방식으로 남기기 위해서. 떠난 이의 무게를 가볍게 해주는 동시에, 남은 자의 손에서 힘을 빼 주기 위해서. 강은 오늘도 소리를 아끼며 흐른다. 누군가의 마지막 장면을 물로 돌려보내고, 누군가의 다음 들숨이 앉을 자리를 비워두기 위해서.

제 4장

어느 날, 유영이 배를 움켜쥐며 몸을 접었다.

"아파… "

그녀의 목소리가 방 안에 떨어지자 공기의 밀도가 달라
졌다. 창문으로 들어오던 오후의 빛이 갑자기 희미해진 것 같
았고, 벽에 걸린 시계 소리가 유독 크게 들렸다. 민은 거의 뛰
다시피 다가갔다. 의자가 뒤로 밀리는 소리, 발걸음이 마룻바
닥을 가로지르는 소리, 그 모든 것이 느린 동작으로 펼쳐지는

것 같았다.

　"어디가? 병원 갈까? "

　민의 손이 유영의 어깨에 닿았다. 차가웠다. 아니, 유영의 체온이 평소와 달랐다. 그녀는 깊게 숨을 들이쉬었다가 내쉬었다. 한 번, 두 번, 세 번. 그제야 고개를 들어 민을 바라보았다. 눈동자가 젖어 있었지만 울고 있는 것은 아니었다. 뭔가 다른 것이었다. 마치 안에서부터 물이 차오르는 것 같은.

　"배가… 뭔가 이상해. "

　유산 후 자궁이 수축하는 동안 있을 수 있는 통증이라고 의사는 설명했었다. 자연스러운 회복 과정이라고, 시간이 지나면 나아질 거라고. 하지만 세 주가 지났다. 세 주 동안 배는 줄어들지 않았다. 오히려 더 단단해졌다. 유영은 매일 밤 잠들기 전 배에 손을 올렸다. 손바닥 아래로 전해지는 감촉이 달라지고 있었다. 처음엔 그저 부어있는 것 같았는데, 이제는 그 안에서 무언가가 응고되는 것 같았다. 차갑지도 뜨겁지도 않은, 그러나 분명히 다른 온도를 가진 무언가가.

민은 말했다. "병원에 가자. "

차 안은 조용했다. 라디오도 켜지 않았고, 둘 다 말이 없었다. 도로 위를 달리는 타이어 소리만이 규칙적으로 이어졌다. 신호등이 바뀔 때마다 민은 옆눈으로 유영을 살폈다. 그녀는 창밖을 보고 있었다. 아니, 정확히는 창문에 비친 자신의 얼굴을 보고 있는 것 같았다. 투명한 유리 위에 겹쳐진 얼굴은 이중으로 흐릿했다. 마치 물속에 잠긴 것처럼.

병원 주차장은 한산했다. 평일 오후의 느슨한 시간. 민이차 문을 열어주었고, 유영이 천천히 내렸다. 걸음걸이가 조심스러웠다. 뱃속의 무언가를 깨우지 않으려는 듯이.

진찰실의 불빛은 사물을 과도하게 선명하게 만들었다. 하얀 벽, 하얀 침대 시트, 차가운 금속 기구들. 모든 것이 날카롭게 빛났다. 소독약 냄새가 공기 중에 떠있었다. 유영이 침대에 누웠다. 시트가 바스락거렸다. 의사는 익숙한 동작으로 젤을 튜브에서 짜냈다. 투명한 젤이 피부에 닿자 유영이 살짝움찔했다. 차가웠다. 그 차가움이 피부를 타고 안으로 스며드는 것 같았다.

탐촉자가 배 위를 움직이기 시작했다. 모니터에는 흑백의 파도가 일렁였다. 심장 박동 소리가 아니었다. 그것보다 더 느리고 깊은 리듬이었다. 의사의 시선이 화면에 고정되었다. 처음엔 무심한 듯 보이던 표정이 서서히 변하기 시작했다. 눈썹이 모이고, 입술이 살짝 벌어졌다. 탐촉자를 든 손이 멈췄다가 다시 움직였다. 같은 부분을 반복해서 훑었다. 각도를 바꿔가며, 압력을 조절하며.

침묵이 길게 드리워졌다. 진찰실의 형광등은 사물의 경계를 지나치게 날카롭게 만들었다. 오직 기계의 웅웅거리는 소리만이 공기 중을 진동처럼 맴돌았다. 그 소리는 바닥의 고요를 밑에서부터 울려올리는 듯했고, 천장까지 미세한 파동을 만들어냈다. 민은 조용히 유영의 손을 잡았다. 손바닥은 축축했다. 땀이 아니라, 무언가 오래된 감각이 스며나오는 듯한, 깊은 불안의 체온이었다. 유영은 아무 말도 하지 않았다. 다만 입술을 꼭 다문 채, 자신도 이해하지 못하는 감각의 응어리를 들고 앉아 있었다.

의사는 천천히 탐촉자를 내려놓았다. 마치 더는 건드릴 수 없는 금기를 만졌다는 듯 조심스러운 손놀림이었다. 의자는 미세한 삐걱임과 함께 돌아갔고, 그 얼굴이 두 사람과 마주했다. 당혹과 경이, 불신과 두려움이 동시에 깃든 표정이었다. 그는 단어를 고르기 위해 여러 번 입술을 떼었다가 다물었다. 마침내 입을 열었지만, 그 말은 시작부터 균열로 가득했다.

"…이건…"

그는 다시 고개를 돌려 모니터를 바라보았다. 마치 자신이 방금 본 것을 다시 확인하지 않으면, 그 존재마저 거짓이 될까 두려운 듯. 몇 초간 화면을 응시하던 의사가 고개를 돌려 민과 유영을 바라보았다. 침묵 끝에 떨어진 단어는, 의료의 언어가 아니라 신화의 언어였다.

"연꽃입니다."

민의 눈이 크게 열렸다. 생소하고 비현실적인 단어가 이곳에 놓일 수 있다는 사실이, 현실의 구조 자체를 흔드는 듯

했다.

"…뭐라고요?"

의사는 조심스럽게 모니터를 돌렸다. 그가 화면을 가리키는 손가락은 아주 미세하게 떨리고 있었다. "자궁 안에서, 연꽃이 피고 있습니다. 이것은… 의학적으로는 설명할 수 없는 현상입니다. 하지만, 분명히 그렇게 보입니다."

모니터에는 태아의 윤곽이 없었다. 대신 그 안에는 태아처럼 중심을 이루며 자라난 어떤 것이 있었다. 그것은 살도 아니었고, 뼈도 아니었다. 사지도, 두개골도, 내장도 없었다. 그 대신, 수백, 수천 개의 가느다란 선들이 물속에서 흔들리는 수초처럼 모여 있었다. 그것은 형태이기 이전에 움직임이었고, 구조이기보다는 패턴이었다. 화면 속 흑백 대비의 경계 위에서, 그것들은 마치 빛과 어둠 사이를 유영하듯, 서서히 진동하며 존재를 증명하고 있었다.

의사는 다시 조심스럽게 화면의 한 부분을 확대했다. "여기 보시면… 뿌리 조직처럼 보이는 구조물이 자궁벽에 부착되어 있습니다. 그리고 여기," 손가락이 화면 중앙을 가리켰다. "줄기와 잎의 윤곽이 형성되고 있습니다. 가장 놀라운 것은…"

그는 말을 멈췄다. 그것은 단순한 망설임이 아니라, 어떤 문턱 앞에서 발을 들여놓지 못하는 종류의 두려움이었다. 존재하지 않아야 할 것을 존재한다고 말해야 할 때, 사람은 종종 언어에 배신당한다.

"꽃봉오리입니다. 아직 완전히 개화하지는 않았지만, 그 구조는 명확합니다. 중심부에서 형성되고 있고, 마치… 피어나기를 기다리고 있는 것처럼 보입니다."

진찰실은 다시 침묵에 잠겼다. 그러나 그 침묵은 이전과는 결이 달랐다. 이제는 모니터의 영상이 모든 소리의 중심이었고, 그 영상이 보여주는 움직임—양수 속에서 천천히 흔들리는 잎, 팽창과 수축을 반복하는 줄기, 그리고 아직 닫혀 있지만 언젠가는 피어날 꽃봉오리—가 마치 살아 있는 것처럼 방 안의 공기를 이끌었다.

민은 화면을 응시한 채 숨을 삼켰다. 그가 본 것은 생명이 아니었다. 적어도 인간의 어휘로 정의되는 생명은 아니었다. 그러나 동시에 그것은, 생명보다 더 오래된 기억처럼, 어떤 깊은 상징의 언어로 존재하고 있었다.

그리고 그 순간, 그는 어렴풋이 느꼈다. 그것이 '꽃'이라는 단어로 불릴 수밖에 없었던 이유를. 그것은 죽음의 공간에서 피어난 무언가였고, 자궁이라는 가장 어두운 내부에서부터, 이름 붙일 수 없는 방식으로 피어나고 있었기 때문이었다. 생명이 끝나는 자리에서, 혹은 시작되기 전의 그 어스름 속에서, 연꽃은 그렇게 조용히 자라고 있었다.

의사는 처치를 권했다. 제거하고, 정리하고, 감염의 위험을 낮추자고. 민을 대신해 유영이 먼저 말했다. "조금만… 시간을 주세요." 의사는 한숨과 함께 일정표를 내밀었다. "그러면 매주 보자고요. 수치와 온도, 통증의 양상, 출혈 여부. 그리고—" 그는 말끝을 고쳤다. "그리고 그… 연꽃의 크기." 젤이 닦인 배 위로 얇은 천이 덮였다. 유영은 천의 가벼운 무게를 두 손으로 붙잡듯 쥐었다. 조건을 지켜보자. 흩어지지 않도록, 너무 모이지 않도록. 그 말은 기도와 지침의 중간 어디쯤에 놓여 있었다.

집으로 돌아오자마자, 유영은 거실의 사발을 다시 꺼냈다. 이번에는 잎 대신 작은 자갈 몇 알을 씻어 바닥에 가라앉혔다. 물이 고요할 수 있도록, 바닥이 있어야 했다. 민은 부엌에서 정수기 물을 받아와 손바닥으로 온도를 맞췄다. "미지근." 그는 속삭였고, 그 말은 물의 성격을 가리키는 동시에 그들의 태도를 정리하는 암호가 되었다. 너무 뜨겁지도, 차갑지도 않게. 그들은 말을 줄이는 것으로 돌봄을 시작했다. 들숨으로 상태를 확인하고, 멈춤으로 판단을 미루고, 날숨으로 걱정을 흘려보내는 일. 밤이면 유영은 사발 앞에 앉아 복부에 손을 얹었다. 민은 그 옆에서 시간을 세지 않았다. 숫자는 경과를 망친다는 걸, 이미 배웠기 때문이었다.

돌봄은 해로운 것을 덜어내는 방식으로도 진행됐다. 소금과 자극적인 향을 치웠다. 오래 끓인 미음, 하얀 죽, 맑은 국—물의 윤리로 조리된 식사만이 식탁에 올랐다. 그들은 연근을 사지 않았다. 우연처럼 보이는 것들에도 방향이 있다고 믿었기 때문이었다. 대신, 연잎차를 끓여 향만 맡았다. 김이 오르내리는 동안, 두 사람의 시선이 같은 높이에서 머물렀다. 향은 기억과 달리 곧장 사라졌고, 사라짐이야말로 향의 일이었다. 그 사라짐을 배워 몸 속으로 옮기는 일, 그것이 돌봄의 다른 이름일지도 모른다고, 민은 뒤늦게 생각했다.

일기는 쓰지 않았다. 아니, 쓰지 못했다. 대신 사물들이 일기를 대신했다. 창가에 놓인 유리병. 그 안에 고여 있는 물이 하루의 표정을 흡수했다. 빛이 비추는 각도에 따라 수면의 기울기가 달라졌고, 유영은 그 미세한 경사에서 자신의 하루를 읽었다. 기록은 잉크가 아니라 흔들림으로 쓰였고, 시간은 숫자가 아니라 파문으로 셌다.

베개 밑에 넣어둔 초음파 사진은 점점 색을 잃어갔다. 처음엔 또렷했던 흑백의 경계가 누렇게 바래며, 마치 오래된 편지처럼 변해갔다. 유영은 그 색이 바래는 속도로 시간을 짐작했다. 시계 대신 종이, 달력 대신 잊히는 선명함. 무언가가 계속 지나가고 있다는 사실만으로, 하루를 살아내는 일이 가능했다.

가끔, 예고 없이 통증이 찾아왔다. 그건 날씨처럼, 혹은 바람이 방향을 바꾸는 순간처럼, 설명보다는 체감으로 아는 일이었다. 통증이 지나가면 유영은 곧장 욕실로 향했다. 말없이 물을 틀었다. 민이 조용히 따라와 말했다. "조금만. 조금 덜." 물의 높이는 두 손 너비. 그것이 그들만의 척도였다. 유영은 물속에 조심스럽게 몸을 담갔다. 배를 감쌌다. 손으로는 다 닿지 않는 깊이에, 물이 닿았다. 물은 설명하지 않았다. 그저 손의 일을 대신했고, 말의 무게를 잠시 맡아주었다.

병원에서의 시간은 해석의 시간이었다. 의사는 모니터를 보며 입을 열었다. "혈류가—" "두께가—" "경계가—" 익숙한 단어들이 낯선 맥락에서 다시 조립되었다. 민은 그 말들을 빠짐없이 메모했고, 의사의 눈치를 보며 조심스럽게 고개를 끄덕였다. 하지만 집으로 돌아오는 순간, 그 언어는 벗겨졌다. 둘은 다른 말을 썼다. "오늘은 물이 맑아." "물결이 조금 거칠었어." 똑같은 화면, 똑같은 영상 앞에서, 그들은 전혀 다른 사전을 펼쳐 들었다. 의사는 그 말들을 이해하지 못했다. 이해하려 하지도 않았다. 그저 고개를 끄덕이며 말했다. "위험 신호만 없으면… 관찰해 봅시다." 그 문장은 받아들이는 것처럼 보였지만, 그 안에는 언제나 조건이 있었다. "하지만—" "만약—" "그렇다면—" 같은 문장들이 말끝에 보이지 않게 달려 있었다.

유영은 여전히 물속을 응시했다. 흐르지 않는 물, 그러나 아주 느리게 숨 쉬는 수면. 그녀는 그 안에서 무언가가 자라고 있다는 사실을 느꼈다. 말로 닿지 않는 방식으로, 의미를 넘어서 존재하는 무엇이. 아직은 이름도 없고, 방향도 알 수 없지만, 확실히 그 안에 '피어나는 무엇'이 있다는 것을.

그리고 그것만으로 충분한 날들도 있었다.

돌봄의 가장 큰 몫은 침묵의 관리였다. 그들은 방문을 덜 열고, 전화는 더 늦게 받았다. 찾아오는 사람에게는 간단히 말했다. "몸조리 중이야." 몸조리는 사실이었고, 사실은 충분한 설명이 되었다. 밤에는 불을 낮췄다. 햇빛과 그림자의 비율을 조절하는 일이 자궁의 물살에도 영향을 줄 수 있다고, 그들은 믿기로 했다. 믿음은 때로 과학보다 느리지만, 더 오래 지속되는 측정 도구가 되었다. 믿음이 진실을 만든다고 말할 수는 없지만, 믿음이 태도를 만든다는 건 분명했다. 태도가 조건을 만들고, 조건이 현상을 만든다면—그들은 연꽃의 조건을 가꾸고 있는 셈이었다. 지키되 개입하지 않기. 사랑하되 소유하지 않기. 이것이 그가 배운 무력의 다른 이름, 자비였다.

사십구재의 날이 다가왔다. 유영은 캘린더를 넘기지 않았지만, 손가락 관절이 기억하는 날들이 있었다. 그날 새벽, 유영은 묘한 냄새를 맡았다. 향기는 아니고, 냄새라고 부르기엔 너무 섬세한 어떤 온도. 물이 막 끓기 전, 표면이 아주 조용히 팽창하는 순간의 기미 같은 것. 배 안쪽 어딘가에서 미세한 부력을 느끼며, 유영은 침대가 아닌 바닥에 앉았다. "지금, 조금—" 그녀는 말끝을 흐리며 사발을 당겼다. 민은 말없이 물을 갈았다. 자갈을 씻어 다시 깔고, 물을 부어, 손바닥으로 온도를 맞추었다. 들숨 하나, 물 한 줌. 날숨 하나, 물 한 줄. 사발의 표면에 아주 얇은 원이 생기고, 그 원이 아무 소리없이 퍼졌다.

어느 날 밤, 유영은 사발 앞에 앉아 연꽃에 대해 생각했다. 그것이 왜 이곳에 왔는지, 언제부터 자라기 시작했는지, 누구의 것이었는지조차 알 수 없지만, 그것은 분명히 어디로부터 온 것이 아니라 어디로든 가는 중이었다. 시작과 끝이 나란히 서 있는 길 위에서, 이 꽃은 단 한 번의 방향도 없이, 단 하나의 소리도 없이, 자신의 피어남을 수행하고 있었다.

연꽃은 씨앗에서 잎을 내지 않고 피어난다. 진흙을 딛고도 더럽혀지지 않으며, 물을 마시지 않고도 스스로 젖는다. 낮에는 열리고, 밤에는 스스로를 감추며, 그 시간조차 말이 아니라 몸으로 기억한다. 자궁 안의 연꽃도 마찬가지였다. 그것은 어떤 기억의 발아였고, 유산된 생명의 이면에서 다시 피어나는 비형태의 귀환이었다. 피어남과 떨어짐 사이, 태어남과 죽음 사이, 의미와 무의미의 경계 위에서 그것은 그저 존재했다―아무에게도 길을 묻지 않고, 아무 말도 남기지 않으며.

유영은 그 꽃을 응시하면서도 감히 해석하지 않았다. 설명은 언어의 일이고, 언어는 자주 오해의 다른 이름이기 때문이었다. 대신 그녀는 지켜보는 일을 택했다. 눈을 감고 숨을 고르는 일. 온도를 맞추고 물을 가라앉히는 일. 그것은 행위라기보다 태도였고, 돌봄이라기보다 합장에 가까웠다. 그녀는 점점 더 사라지는 쪽으로 기울었고, 연꽃은 점점 더 현현하는 쪽으로 자라났다.

민은 가끔 그런 그녀를 지켜보며, 마치 누군가를 애도하듯 조용히 등을 쓰다듬었다. 그에게 연꽃은 더 이상 이상한 생물이 아니었고, 설명할 수 없는 병변도 아니었다. 그것은 이전에도 있었고, 이후에도 있을 무언가, 다만 지금은 그들 안에서 잠시 머무는 무엇이었다. 그는 그것이 한 생의 잔재인 지, 다음 생의 씨앗인지 판단하지 않았다. 그 판단은 그들의 몫이 아니었다. 그저 매일, 사발의 물을 갈고, 자갈을 씻고, 온 도를 맞췄다. 그것이 조건이고, 그것이 신앙이며, 그들이 할 수 있는 가장 정직한 윤회의 태도였다.

연꽃은 때로 더 크게 숨 쉬었고, 때로 아주 미세하게 고요 했다. 유영은 그 숨의 간격을 세며 하루를 지났고, 민은 그 파 문의 진동을 손끝으로 느끼며 잠을 청했다. 피어남은 사건이 아니라 상태였다. 그것은 '펼쳐짐'이 아니라 '머묾'이었 다. 언제 열릴지, 정말 열릴 것인지조차 알 수 없었지만, 그들 은 그것이 이미 열려 있다는 사실을 알고 있었다. 아직 피지 않은 꽃을 바라보며, 이미 피어난 것을 대하듯 행동하는 것. 그것이 연꽃을 지키는 유일한 예법이었다.

그리하여 언젠가—아주 먼 아침, 혹은 이미 지난 어딘가 의 저녁—그 꽃이 스스로의 리듬으로 피어나거나, 아무 말 없 이 사라지더라도, 그들은 그것을 낯설어하지 않을 것이다. 왜 냐하면 그것은 단 한 번의 피어남이 아니라, 수없이 되풀이된 귀환이기 때문이다. 연꽃은 매번 사라지는 자리에서 다시 태어났고, 이름 없는 시간 속에서 줄곧 제 이름을 지켜왔으며, 돌봄의 침묵 속에서 무엇보다 선명하게 자라났기 때문이다.

그것은 더 이상 생명도 죽음도 아니었다. 그것은 그저— 자비로운 반복이었다.

.

.

.

일주일 후, 화면 속 초록의 물림은 늘었고, 유영의 배는 다시 여섯 달의 곡선을 닮아갔다.

유영이 말했다. "민아. 낳고 싶어." 그는 되물었다. "꽃을?" 그녀는 고개를 끄덕였다. "우리 아기를. 어떤 형태든." 그는 그녀를 안았다. 온도는 배에서 비롯되었다. 둥글고 단단한 그 온도—불가능을 형태로 만드는 생의 고집이 그 안에서 자라고 있었다.

이주 뒤, 수축은 실제의 시간으로 도착했다. 불규칙하던 긴장들이 점차 간격을 좁혀 왔다. 신호는 명확했고, 몸은 절차를 기억하고 있었다. 오래된 리듬처럼, 예전의 고통처럼. 고통은 처음이었지만, 몸 어딘가는 이미 그것을 알고 있는 듯 했다. 유영은 말을 아꼈고, 민은 손목시계를 보며 조용히 숫자를 기록했다. 그들 사이에는 말보다 확실한 리듬이 있었다─수축, 멈춤, 숨, 다시 수축.

병원의 복도는 이상할 정도로 조용했다. 밤과 새벽 사이, 어딘가 불분명한 시간. 분만실의 형광등은 과도하게 밝았고, 그 아래에서 의사와 간호사들의 표정은 마치 연필로 급하게 그린 초상처럼 어딘가 선명하지 못했다. 그들은 당혹했고, 놀랐으며, 어떤 단어도 입 밖에 내지 않은 채 일을 반복했다. 그러나 길은 길대로 열려 있었다. 태어남은 예정된 틈을 타고 움직였다.

유영은 힘을 주었다. 온몸의 근육이 하나의 의지로 수렴되었고, 민은 그녀의 손을 단단히 붙들었다. 서로의 체온이 아주 미세하게 어긋나다가, 다시 맞춰졌다. 그 순간, 방 안의 모든 시계가 잠시 멈춘 듯했다.

그리고—

그것은 나왔다.

소리도 없었고, 울음도 없었다. 그러나 그것은 분명히 무언가였다. 그들은 본 것이다. 무언가가 안에서부터 밀려 나왔다는 것, 말이 닿지 않는 탄생이 실현되었다는 것. 피와 진액 속에서, 완전한 침묵의 형태로, 그것은 세상 위에 놓였다. 고요하고, 젖어 있고, 무한히 낯선.

물에 젖은 초록의 몸체. 물결을 오래 기억해 온 잎맥. 탯줄처럼 얽힌 뿌리. 중앙에는 아직 피지 않은 봉오리 하나. 그것이 미세하게 떨렸다. 맥박처럼. 심장박동처럼. 간호사가 양손으로 조심스레 들어 올리자 물이 뚝뚝 떨어졌다. 방 안의 모든 말이 잠시 멈추었다. 전례도 규정도, 부를 이름도 주저하는 탄생. 그러나 분명히 생의 편에 속한 어떤 것. 숨을 쉬지 않지만 살아 있고, 울지 않지만 박동하는 존재.

유영의 손이 앞으로 나아갔다. 간호사는 그 초록을 그녀의 품에 건넸다. 그녀의 체온이 닿자 잎이 아주 조금 펴졌다.

봉오리가 아주 조금 들썩였다. 민도 손끝으로 조심스레 어루만졌다. 촉감은 식물이었으나 온기는 사람이었다. 젖어 있었으나 미끄럽지 않았다. 떨림은 미세했으나 단정했다.

한쪽에서 의사가 난감하게 중얼거렸다. "기록을… 어떻게… 출생신고… 아니, 이건…" 문장들은 단정에 이르지 못했다.

"물이 필요해요." 유영이 말했다. "연꽃은 물에서 떠 있어야 해요." 그 말은 지시이자 청원, 그리고 오래된 본능의 번역이었다. 누군가 큰 수조를 가져왔고, 따뜻한 물을 채웠다. 유영은 품에서 조심스럽게 그것을 들어 물 위에 띄웠다. 잎이 수면에 닿아 둥글게 펼쳐졌고, 원은 겹원을 낳았다. 연꽃은 아주 가볍게 흔들리며 제 자리를 찾았다. 중앙의 봉오리가 규칙적으로 진동했다. 숫자로 옮기면 아마 분당 150회, 그러나 숫자 이전의 세계에서는 그저 물과 박동의 합의였다.

민은 수조 곁에 쪼그려 앉았다. 물의 표면이 호흡하듯 오르내리고, 빛이 잔물결의 틈새로 쪼개져 들어갔다. 유영은 수조의 가장자리에 손을 올려두고 한참을 바라보았다. 세상의 언어로는 설명할 수 없는 장면 앞에서, 그들은 설명을 잠시 내려놓는 법을 배웠다. 들이쉬고, 내쉬고—공기의 호흡과 물의 호흡이 서로를 거울처럼 비추었다. 누군가가 아주 작은 소리로 울었고, 누군가가 아주 작은 소리로 웃었다. 한 형태가 다른 형태로 살아 있으려는 의지는, 그 형태의 낯섦을 넘어 결국 같은 편에 선다는 사실—그것만은 분명했다.

밤이 내려앉자, 수조의 물은 방의 어둠을 천천히 덮혔다. 민은 그 옆에 앉아 귀를 기울였다. 물결은 말을 하지 않았지만, 말보다 먼저 도착하는 무언가를 전했다. 봉오리는 아직 피지 않았다. 그러나 피지 않은 것 또한 생의 방식이었다. '아직'이라는 부사를 품고 머무는 존재의 법. 그 '아직' 속에서 민은 손을 수조의 유리 위에 올렸다. 떨림이 손바닥으로 전달되었다. 분당 150회의 작은 선언. 그 박을 따라 그는 숨을 맞췄다. 들숨은 짧게, 날숨은 길게. 물은 흔들리고, 꽃은 아직이며, 사랑은 형태를 바꾸어도 남았다.

그들은 연꽃을 집으로 데려왔다. 거실 한가운데 큰 수조를 놓고, 매일 물을 갈아 주었다. 햇빛은 낮의 방향을 따라 달리며 수조 벽에 물결의 책장을 넘겼다. 연꽃은 물의 문장 속에서 자랐다. 꽃은 해가 오르면 천천히 피고, 밤이 내려앉으면 스스로를 다시 거두었다.

그 무게는 기록으로 환원되지 않았고, 진단으로 응결되지도 않았다. 들숨. 멈춤. 날숨. 그 사이의 여백에서 꽃과 아이와 두 사람의 시간이 한 덩어리로 놓였다가 다시 흩어졌다. 민은 그 흩어짐을 상실이라 부르지 않기로 했다. 연기라 불렀다. 조건이 모이면 나타나고, 흩어지면 사라지는, 그러나 사라짐조차 한 생의 호흡임을 인정하는 말. 그 인정이야말로, 오늘 그들에게 허락된 가장 조용한 구원의 형식이었다.

떠나려 하는 것은 보내주어야 하고, 남겨진 것들은 결국 살아가야 한다. 이 문장은 언제나 뒤늦게 이해된다. 손이 먼저 붙잡고, 마음이 그다음에 떼어낸다. 떠남은 타인의 발걸음으로 시작되지만, 진짜 이별은 남은 자의 손가락에서 완성된다. 붙들고 싶은 마음은 정당하다. 그러나 정당함이 항상 옳음을 보장하진 않는다. 옳음은 대개 더 늦게 오고, 조용히 온다. 놓아주는 일은 그래서 항상 '지금'의 논리를 배반한다. 그 배반이 시간이 지나 의미가 된다.

물 한 사발을 탁자 위에 올려둔다. 손가락으로 표면을 살짝 건드리면 동심원이 번진다. 가까운 원이 먼저 사라지고, 멀리 간 원이 오래 남는다. 사랑도 비슷하다. 가장 가까웠던 순간은 먼저 흐려지고, 맨 가장자리의 작은 장면들이 오래 남는다. 우리는 종종 그 순서를 거꾸로 기억하려 애쓰다가 지친다. 사발을 고요히 두면 물은 다시 편평해진다. 평평함은 무표정이 아니다. 모든 흔들림을 통과한 뒤에야 도착하는 얼굴이다.

숨을 들이쉬고, 멈추고, 내쉰다. 들숨은 자기 쪽으로 세상을 당기는 일이고, 날숨은 세상을 자기에게서 풀어놓는 일이다. 삶은 이 둘의 번갈음으로 성립된다. 사랑이 들숨만으로 유지될 수 없듯, 애도도 날숨을 배우지 않으면 끝나지 않는다.

오래 전 어머니의 병세가 깊어지던 마지막 가을. 유영은 앙상해진 어머니의 손을 붙잡고 놓지 않았다. "가지 마, 엄마. 가지 마." 울음 섞인 투정에, 숨쉬기조차 힘들어하던 어머니가 희미하게 웃으며 딸의 머리를 쓰다듬었다. 창밖으로 시든 국화 한 줄기가 보였다. 어머니는 헐떡이는 숨 사이로 간신히 말을 이었다.

"사람도... 저 꽃과 같단다, 딸아. 활짝 핀 날만 기억하려
하면 지는 날을 견딜 수가 없어. 붙들고 있는다고 시드는 꽃
이 다시 피진 않아."

어머니는 유영의 손을 부드럽게 떼어내며 말했다. "떠나
려는 것은 온전히 떠날 수 있게 보내주어야 해. 그리고 남은
사람은... 또 이곳에서 살아내야 하는 것. 그게 우리에게 주어
진 순리야. 그러니 울지 말고, 너의 삶을 살아."

그것이 어머니의 마지막 가르침이었다. 떠나는 자의 존엄
과 남은 자의 윤리. 붙드는 것이 사랑의 전부가 아니라는 것
을, 가장 아픈 이별의 순간에 그녀는 배워야 했다. 그 오랜 가
르침이 지금, 수조 속 연꽃의 시간을 통해 비로소 제 의미를
찾았다. 이것은 가두어 기르는 생명이 아니었다. 잠시 머물다
더 큰 물의 순환 속으로 돌아가야 할 존재였다.

비워냄으로써 비로소 곁을 내어주는 법. 유영은 이제야
알 것 같았다. 그녀는 수조의 가장자리에 손을 올린 채, 등 뒤

에서 잠이 깬 민의 기척을 느꼈다. 그리고 천천히, 아주 천천히 그를 돌아보며 말했다. 그 목소리는 오래된 강물처럼 낮고 단단했다.

"강에 보내 주자." 유영이 말했다. 말은 결심과 작별이 섞인 온도를 가졌다. "여기 갇혀 있으면 안 돼. 연꽃은 떠다니며 살아. 물 위에서, 물과 함께." 민은 고개를 끄덕였다. 붙잡을 수 있는 것과 붙잡아서는 안 되는 것을 구분하는 법을, 그들은 이 몇 달 사이에 배웠다. 이것은 그들이 가질 수 있는 것이 아니라, 그 곁을 지나가며 함께 숨을 맞추어 주어야 하는 것이었다.

새벽의 강가에서 바람은 아직 밤의 체온을 조금 간직하고 있었고, 물은 도시의 불빛을 가늘게 찢어 반사했다. 그들은 수조를 내려놓고, 천천히, 마치 아이를 깨우지 않으려는 사람들처럼 조심스레 움직였다. 유영은 두 손으로 연꽃을 들어 올렸다. 마지막으로 꽃을 들여다보았다. 그것은 여전히 웅크린 채 평화롭게 자고 있었다. 깊은 수면의 색이 얼굴에 얇게 깔려, 모든 고통이 먼 곳의 소음처럼 희미해 보였다. "안녕." 유영이 속삭였다. "이제 자유롭게 떠다녀. 네가 원하는 곳으로." 그들은 연꽃을 물 위에 띄웠다.

식물은 처음엔 조심스레, 곧 물살의 언어를 이해하는 존재답게 더 유연하게 움직였다. 때로는 멈추고, 때로는 원을 그리며 돌고, 때로는 기다렸다는 듯 속도를 얻어 흘렀다. 춤이라고 부르기엔 너무 조용하고, 헤엄이라고 부르기엔 너무 부드러운, 그러나 분명히 '살아 있는 움직임'이라 부를 수 있는 리듬. 두 사람은 그 리듬을 오래 바라보다가, 시야의 끝에서 그것이 사라질 때까지 떠남을 배웅했다. 강물은 계속 흘렀다. 어디론가—바다로, 더 큰 물로, 더 넓은 어둠과 더 깊은 온도로. "이제 물속에서 영원히 살겠지." 민이 말했다. "응. 춥지도 않고, 무섭지도 않은 곳에서." 유영이 답했다. 말과 말 사이, 물은 한 번 더 반짝였다.

그날 이후 민은 욕조의 물을 받지 않았다. 그 의식은 오래도록 그의 밤을 붙들어 준 가느다란 다리였지만, 이제 그는 알았다. 죽음을 연습하지 않고도, 다른 방식으로 존재를 연습할 수 있다는 것을. 연꽃이 보여 주었으니까—살아 있는 것의 범위가 우리가 아는 것보다 훨씬 넓으며, 형태는 바뀌어도 생의 편에 머무는 법이 있다는 것을. 그는 종종 강가를 걸었다.

연꽃을 찾아서가 아니라, 눈앞에서 흘러가는 물을 보기 위해. 흐르는 물, 살아 있는 물, 모든 것을 품고도 스스로를 지우지 않는 물.

가끔 바람이 적당히 불고 햇빛이 물결을 얇게 칠하는 날이면, 그는 물 위 어딘가에 연보라 빛의 점이 반짝이는 상상을 했다. 아들이 거기 피어 있을 거라고, 아직도, 여전히, 다른 이름으로. 그 상상은 기적에 기대는 태도가 아니라, 애도의 다른 문법이었다. 붙잡는 대신 흐르게 하는, 붙들린 채로가 아니라 떠남을 동반하는 사랑의 방법. 그것을 따라 두 사람은 손을 잡았다. 손바닥의 온도는 공기보다 조금 따뜻했다. 해가 천천히 올라오는 동안, 그들은 물의 쪽을 오래 바라보았다.

그리고 언젠가 문득, 민은 자신의 호흡이 물의 호흡과 속도를 맞추고 있음을 알아차렸다. 들이쉬고, 내쉬고—수면이 오르고, 내리고—꽃이 피고, 오므라들고. 모두가 각자의 방식으로 세계와 합의하고 있었다. 그 합의의 자리에는 두려움도 있었고, 체념도 있었고, 그러나 마지막에는 이상할 만큼 분명한 평온이 있었다. 보라의 꽃은 멀리에서 아주 작게 흔들리고 있을 것이다.

제 5장

장마가 시작된 지 일주일, 빗소리는 이제 리듬을 잃고 하나의 거대한 울림으로 도시의 지붕과 골목, 창틀의 얕은 홈까지 점령했다. 민은 창가에 서서 그 소리를 들었다. 하늘에서 떨어져 땅에 부딪히고, 배수구로 빨려들어가 더 큰 물로 합쳐지는 소리—세상 전체가 하나의 폐처럼 오로지 내쉬기만 하는 듯한, 끝나지 않는 호흡. 유리창을 타고 내려오는 물길은 몇 번의 흔들림 끝에 하나의 선으로 정리되었고, 그 선 하나가 사라지면 곧 다른 선이 붙었다. 모든 것이 물로 돌아가는 걸, 눈앞에서 조용히 시연하는 밤이었다. 들숨은 작고, 날숨은 길었다. 비는 무상을 설했고, 그는 침묵으로 합장했다.

뉴스는 수위를 숫자로 불렀다. 7미터, 8미터, 9미터—자막 아래로 실시간 그래프가 오르고, 앵커의 목소리는 객관의 톤을 지키려 애썼다. 그러나 민에게 그 숫자들은 단지 물의 높이가 아니었다. 연꽃이 떠내려간 거리, 아들이 멀어지는 길이, 지도 위에서 사라지는 둔치의 잔디, 물에 잠긴 표지판, 끊어져 보이는 강변 산책로. 숫자는 중립이었지만, 중립이 된다는 건 어떤 이에게는 무게가 된다는 뜻이었다. 민은 한강의 표면을 상상했다. 어둠과 빗줄기가 겹쳐 만든 천 개의 작고 빠른 손, 연꽃을 쓰다듬으며 밀어내는 손, 붙잡지 않는 손. 붙잡지 않음으로 품는 손—연기의 법이 물의 말로 번역되는 광경.

그날 밤, 강은 범람했다. 화면 속 영상은 이미 일어난 일을 약간 늦게 따라왔다. 민은 리모컨을 눌러 TV를 껐다. 더 들을 필요가 없었다. 되돌릴 수 없는 일에는 설명의 시간이 길수록 더 공허해진다는 것을 그는 알고 있었다. 드레인에서 역류하는 물의 냄새가 아주 약하게 창틈으로 스며들었고, 엘리베이터 샤프트 어디선가 물이 떨어지는 소리가 철골을 타고 낮게 울렸다. 유영은 침실에서 조용히 울었다. 그의 귀엔 울음보다 빗소리가 먼저 도착했다. 모든 소리가 물소리에 묻혔다. 울음이 사라진 게 아니라, 더 큰 울음에 흡수된 것이었다.

"민아." 유영이 어깨에 손을 올렸다. "어쩔 수 없어." "알아." "우리가 놓아준 거야. 이미." "알아." 말은 더 길 필요가 없었다. 그들이 붙잡던 것을 풀어 놓았다는 사실, 풀어 놓았다고 해서 손이 금세 비어지는 것은 아니라는 사실, 비어지는 동안 손이 먼저 떨린다는 사실—이 모든 사실은 빗소리 속에서 스스로 설명되었다. 민은 창에 이마를 기댔다. 유리의 차가움이 천천히 열로 바뀌는 동안, 그는 아들의 얼굴을 떠올렸다—피고 오므라들던 시간, 수면 위에 작게 떨리던 봉오리. '놓아준다'는 말의 마지막 동사는 사실 그들이 아니라 물이 수행하고 있었다. 물은 붙잡지 않았고, 붙잡지 않는 방식으로 품었다. 오늘 그는 욕조에 물을 받지 않았다. 오늘 밤의 욕조는 도시 전체였고, 도시의 물은 그의 폐보다도 오래 숨을 참는 법을 알고 있었다. 그는 비에 맞추어 호흡을 맞추었다. 들이쉬고, 내쉬고—끝없이 내쉬는 세계의 호흡 사이에 작은 들숨 하나를 끼워 넣듯. 어느 순간, 유리가 손바닥의 열을 받아 미묘하게 김이 서렸다. 물이 세상을 덮는 동안에도, 그들의 안쪽에서 지워지지 않는 한 점의 온기—놓아보내는 사랑의 마지막 체온—이 둥글게 남았다. 방하(放下)의 자리에서, 그 둥근 김이 조용히 피었다가, 조용히 사라졌다.

화장실의 타일은 여전히 오래된 돌처럼 차가웠다. 민은 맨발을 올려놓았다. 발가락 사이로 스며드는 냉기가 천천히 발목까지 올라와, 오래 비워둔 방에 처음 불을 켜듯 피부의 감각을 하나씩 밝혀 갔다. 거울에는 수염이 자라난 얼굴이 서 있었다. 눈 밑의 그늘이 선명했다. 살아 있으나 살아 있지 않은 얼굴—호흡이 문장으로 번역되지 못한 채 어딘가에서 멈춰 선 표정. 그는 잠깐, 그 그림자와 시선을 맞췄다. 떨어져 나간 시간들이 뒤엉켜 거울 표면에 얇게 붙어 있었고, 그 위로 빗방울이 지나가듯 미세한 떨림이 번졌다.

수도꼭지를 틀자 물은 먼저 한 방울, 두 방울—그다음에는 선으로, 곧 장강처럼 이어지는 줄기가 되어 욕조를 채웠다. 그는 눈을 감고 그 소리를 들었다. 바깥의 빗소리와 안쪽의 물소리가 겹치며 하나의 낮은 음으로 합쳐졌다. 지붕과 파이프, 구름과 타일, 강과 욕조가 같은 강줄기의 다른 이름이 되는 순간. 경계는 허리 높이의 수면처럼 낮아졌고, 모든 물은 하나의 물로 돌아왔다.

물이 가득 차자 그는 천천히 옷을 벗었다. 단추 하나를 풀 때마다 시간은 속도를 늦췄다. 눌린 기억들이 틈에서 공기를 마시듯 고개를 내밀었다. 처음 이곳에서 숨을 참던 밤, 물속에서 낯선 목소리를 처음 들었던 순간, 꽃으로 몸을 바꾸어 태어나던 날, 그리고 오늘—과거와 현재는 층층이 포개져, 겹쳐진 필름처럼 서로의 그림자를 선명하게 만들었다. 의식처럼, 조용히, 그는 몸을 물에 맡겼다.

물은 발목을, 종아리를, 허벅지를, 가슴을 감쌌다. 뜨거움이 피부의 표면에서 시작해 근육으로, 더 안쪽의 장기들로 스며들었다. 목까지 물이 차오르자 그는 숨을 들이마셨다. 깊게, 더 깊게—폐가 터질 듯 공기를 담아 올리는 그 마지막 욕심까지도 어김없이. 그리고 고개를 낮추어, 수면 아래로 가라앉았다.

귀가 물에 잠기는 순간, 세계는 정적의 언어를 배웠다. 소리라 부르던 것들은 질감으로 바뀌었고, 의미는 울림의 모양이 되었다. 둥, 둥, 둥—자신의 심장이 멀고 큰 북처럼 규칙을 주었다. 그 리듬마저도 이내 뒤로 물러났다. 완벽한 고요가 물의 안쪽에서 자라났다. 그는 그 고요에 몸을 고정했다.

1분. 평소라면 폐가 따끔거리며 작게 타들기 시작할 시간. 그러나 고통은 오지 않았다. 가슴은 조여들지 않았고, 오히려 풀렸다. 멀고 긴 여행 끝, 현관의 공기를 맡을 때의 묘한 안도—자기 온도가 있는 장소로의 귀환처럼, 물은 그를 본래의 무게로 되돌렸다. 그는 아무것도 요구받지 않는 공간에서 움직이지 않는 법을, 초대받지 않아도 환대받는 법을 다시 배웠다.

2분. 그는 눈을 떴다. 천장은 물의 얇은 막 너머에서 흔들리고 일그러졌다. 그 왜곡은 거짓이 아니었다. 세상은 본디 흔들리고 일그러진 채로 존재했고, 우리의 눈이 그것을 직선으로 오해해 왔을 뿐이었다. 물은 그 오해를 천천히 지웠다. 곡선이 곡선임을, 떨림이 떨림임을, 불확정이 세계의 본래 문법임을 보여주듯. 숨을 쉬지 않는 상태가 자연스러워졌고, 들숨의 의무가 잠시 유예되었다.

3분. 익숙한 한계의 선을 넘었다. 그러나 몸은 여전히 편안했다. 태어나기 전의 감각—양수의 온도와 어둠의 무게, 타인의 박동에 몸을 맞추던 리듬—이 멀고도 가까운 데서 돌아왔다. 그의 몸은 자신을 둘러싼 물과 느슨하게 연결되었고, 연결은 곧 동화의 초입이 되었다.

시간은 숫자를 잃었다. 5분인지, 10분인지, 어쩌면 훨씬 길었을지도 모른다. 그는 물속에서 손을 들어 보았다. 손은 물의 두께 안에서 경계를 흐렸다. 손인지, 물인지, 어느 쪽으로도 단정되지 않는 형태. 피부는 빛을 조금 더 통과시키는 물질이 되어, 반투명한 막처럼 스스로를 얇게 줄였다. 그 투명은 소멸의 기색이 아니라, 되돌아가려는 움직임이었다—한때 물에서 나왔던 것이 다시 물로, 한때 공기의 말을 배웠던 것이 다시 물의 문법으로.

그는 움직이지 않았다. 들숨과 날숨을 등 뒤의 벽에 걸어둔 채, 물의 박을 조용히 따라갔다. 둥, 둥, 둥—사라져 간 줄 알았던 심장의 북이 아주 멀리서, 아주 작게, 그러나 분명하게 다시 들렸다. 그리고 그 리듬은 물의 작은 기포들과 어딘가에서 만나, 한동안 그를 떠받쳤다. 경계가 무의미해지는 자리에서, 그는 처음으로 완전히 편안했다. 물과 손, 과거와 현재, 떠남과 머묾이 한 점으로 수렴하는, 아주 잠깐의 영원 속에서.

물과 자신 사이의 경계는 오래 바라본 수평선처럼 흐려졌다. 온도의 차는 사라졌고, 밀도의 차도 사라졌다. 안과 밖의 구분이 천천히 풀렸다. 민은 물이 되었고, 물은 민으로 흘렀다. 이름은 남았으나 이름이 붙기 이전의 성질이 먼저였다. 물은 그를 포개고, 그는 물을 받아들이며 하나의 표면, 하나의 깊이로 정리되었다.

이것이 죽음인가, 다른 품종의 삶인가—그가 생각하려 할 때 생각은 이미 물의 기질을 닮아 있었다. 모양을 갖추기도 전에 가장자리부터 흩어지고, 흩어진 끝에서 다시 모였다. 의미는 응고되지 않았고, 응고될 필요도 없었다. 이해는 문장보다 늦게 오지 않았고, 질문은 답을 기다리지 않았다.

어느 순간 그는 알았다. 더 이상 '참는' 상태가 아니라는 것을. 숨을 쉰다는 동사의 부재가 곧 결핍을 뜻하지 않는다는 것을. 공기의 필요가 사라진 자리에서 호흡의 의무도 함

게 풀려 났다. 숨은 특권도, 형벌도 아니었다. 그저 선택이었
다.

물속의 정지는 완전했다. 심장은 여전히 뛰었지만, 그것
은 관성으로 남은 흔한 습관에 가까웠다. 혈액은 순환했지만,
그것 또한 오래 배운 동작의 반복일 뿐이었다. 모든 것은 느
려졌다. 거의 멈춘 것처럼 느려졌고, 멈춤은 두려움이 아닌
평온의 다른 호명으로 다가왔다.

그때 문이 열렸다. 유영이 들어왔다. 그녀는 오래된 비밀
을 확인하듯 욕조를 내려다보았다. 민이 있었다. 너무 오래,
불가능할 만큼 오래. 그러나 그녀는 소리를 지르지 않았다.
알고 있었던 사람처럼, 예감의 마지막 문을 조용히 여는 사람
처럼, 욕조 가장자리에 앉았다.

민은 수면 위로 천천히 올랐다. 스스로의 의지라기보다
물의 결정처럼 보이는 상승—물의 손이 그를 밀어 올리는 모
양. 얼굴이 수면을 뚫는 순간, 공기는 폐로 들어왔다. 그러나
그것은 요구가 아니라 허락이었다. 필요가 아닌 선택으로서
의 들숨. 그녀는 그를 보았고, 그 눈에는 놀람도 두려움도 없

었다. 이해가, 그보다 깊은 수긍이 있었다.

민은 다시 가라앉았다. 이번에는 그녀가 지켜보는 가운데, 물이 시간을 분해하는 법을 배웠다. 10분, 20분, 30분—숫자는 고집을 부렸지만, 그의 몸은 숫자의 권위를 인정하지 않았다. 물속에서 그는 평화로웠다. 완전히 정지해 있으되, 분명히 살아 있었다. 유영은 손을 물에 담그어 그의 손을 더듬어 잡았다. 차가웠다. 물과 같은 온도였다. 그러나 여전히 손이었고, 여전히 민이었다. 체온 대신 식별이 남아 있었다.

유영은 물속에서 그의 손을 살포시 놓았다. 쥐던 것을 풀어 주는 손, 피지 않은 봉오리와 시든 꽃을 같은 가위질로 떼어내던 어머니의 손놀림처럼—남김이 아니라 돌아가게 하는 동작. 손이 물로 미끄러지자, 작은 파문이 한 겹만 생겼다가 곧 사라졌다. 물은 아무것도 묻지 않았다. 받아들이고, 비워주고, 그 사이를 잠깐 빛나게 했다.

그 순간 민은 알았다. 익사가 비로소 완성되었다. 이제는 태어날 준비를 할 차례다. 가라앉음이 끝이 아니라 귀환의 예비임을, 들숨이 의무가 아니라 선택으로 돌아오는 길목임을.

그는 수면을 아주 조금만 열어, 허락처럼 한 모금의 공기를 받아들였다.

"여길… 만져봐." 그의 목소리는 물결에 반쯤 섞여 나왔다. 유영은 손을 물속으로 더 깊이 미끄러뜨렸다. 그의 복부, 물과 살의 경계가 없어진 평평한 자리. 그녀의 손끝에 낯선 촉감이 닿았다―아주 가느리고 부드러운 줄기, 살빛과 물빛을 함께 띤 얇은 선, 미세하지만 분명한 박동이 손금에 옮겨 붙는 감각. 내장과 바깥을 연결하는 무언가처럼, 줄기를 닮은 것이 그의 배꼽에서 자라고 있었다.

박동은 숫자 없이 움직였다. 물의 호흡과 맞물려, 들숨과 날숨 사이의 그 얇은 고요를 채우듯. 과거에서 끌어온 말들이 조용히 해체되고, 새로운 말이 아직 이름을 얻지 못한 채 흔들렸다. 그녀는 손을 거두지 않았다. 붙들지 않으면서도 놓치지 않는 온도―자비가 손의 형태를 갖추면 이런 느낌일까 싶었다.

"드디어… 피었다." 유영이 속삭였다. 말은 물에 닿아 더 낮아졌고, 낮아진 만큼 멀리 퍼졌다. 자르고, 놓아주고, 흘

려보내던 모든 밤의 끝에서 비로소 도착한 펼침. 그녀의 문
장은 선언이 아니라 확인이었고, 확인은 축복과 닮아 있었다.
물은 조용히 반짝였고, 민은 그 반짝임을 따라 춘궁기를 지난
씨앗처럼 안쪽에서 아주 작게 열렸다. 이제는 나갈 수 있었
다. 이제는 나가도 좋았다.

연꽃 하나가 물에 잠긴 도시를 유영한다. 그러다가 파도에 잡아먹히기도 하고, 가라앉기도 한다. 멀리 멀리 떠내려가 점처럼 사라진다.

물은 신호등의 붉음과 초록을 한 겹씩 벗기며 아래로 옮긴다. 횡단보도의 흰 선은 물결 속에서 물고기의 등줄기처럼 휘고, 지하 출입구는 조용히 숨을 뱉듯 기포를 올린다. 편의점 간판의 네온은 잠깐 빛나다 끊기고, 쇼윈도의 마네킹은 아직도 미소를 유지한 채 천천히 먼지를 피운다. 연꽃은 그 사이를 통과한다. 허공에서라면 지나쳤을 사소들이, 물 아래에서는 무게를 얻는다.

연꽃이 교각 그림자를 스칠 때, 강바닥에서 일어난 모래가 작은 폭설처럼 꽃잎 위에 내려앉는다. 한 장이 물에 젖어 더 무거워지고, 또 한 장이 헤어져 나간다. 잎맥은 길을 기억하지 않은 채 길을 만든다. 물은 방향을 가르치지 않는다. 다만 밀고, 불러들이고, 풀어 준다.

큰 물결이 입처럼 다가와 꽃을 한 번 삼킨다. 어둠의 혀가 꽃잎 가장자리를 핥고, 꽃은 한때의 것들을 내려놓고 더 아래로 가라앉는다. 바닥은 생각보다 덜 차갑고, 더 오래된 온도를 품고 있다. 오래 전 이 도시를 떠받치던 흙의 냄새, 돌과 금속이 무게를 나누던 목소리, 이름을 잃은 시간의 가루. 그 한가운데서 연꽃은 잠시 멈춘다. 멈춤은 종종 앞으로 나아가는 다른 이름이어서, 꽃은 이윽고 다시 떠오른다.

다리 위에 선 누군가가 물살을 내려다보고, 창가에 앉은 누군가는 물의 소리를 듣는다. 불린 이름은 없고, 불리지 않은 마음만이 있다. 붙잡는 대신 호흡을 맞추는 밤. 꽃은 고개를 들지 않고도 인사를 건넨다. 떠나는 쪽에서 건네는 마지막 예의는, 대개 조용함으로 완성된다.

연꽃 하나가 물에 잠긴 도시를 유영한다. 골목의 모서리와 버스 정류장의 지붕, 잠긴 놀이터의 말 그림자를 지나, 거대한 물의 문장 속에서 몇 번이고 문장을 바꾼다. 그러다가 파도에 잡아먹히기도 하고, 가라앉기도 한다. 사라지는 법을 배운 사물만이 가질 수 있는 가벼움으로, 멀리 멀리 떠내려가 점처럼 사라진다. 그 점은 곧 물의 점 하나가 되고, 물의 점은 이내 보이지 않게 퍼져 나가, 우리가 아직 말로 붙잡지 못한 곳들을 조용히 적신다.

Interlude − 므네모시네

므네모시네라는 강이 있었다. 저승의 다섯 물길 가운데서 가장 마지막에 도달하는 강, 레테가 모든 울음을 눕힌 뒤에야 조심스레 나타나는 강. 이 강은 기억을 되살리려 들지 않았고, 상처를 도려내려 하지도 않았다. 다만 너무 오래 눌려 있던 기억들이 스스로 떠오를 수 있도록, 수면을 조금 따뜻하게 해주었을 뿐이었다.

사람들은 자주 이 강을 찾지 않았다. 대부분은 레테에서 멈췄다. 잊는 일이 먼저였고, 내려놓는 일이 우선이었기 때문이다. 그러나 어떤 이들은, 아주 드물게, 미처 다 풀지 못한 매듭 하나를 가슴에 남긴 채 이곳에 닿았다. 애도의 끝자락에서 도리어 말을 잃은 사람들. 눈물은 마른 지 오래인데, 이름 하나만이 아직 안쪽에 남아 목구멍을 막고 있는 사람들. 그들은 물가에 앉아 한동안 손을 말렸다. 물은 그 손을 붙잡지 않았다. 대신 온기를 보내어, 손이 스스로 기억의 모양을 다시 만지도록 했다.

이 강은 되감을 줄 알았다. 되감는다는 것은 시간을 거슬러 흐른다는 뜻이 아니라, 너무 빠르게 흘러간 것을 다시 제 속도로 느리게 재생하는 일이었다. 누군가의 마지막 인사, 다 하지 못한 고백, 끝내 붙들지 못한 얼굴—그 모든 것들이 물 아래에서 처음의 속도로 되돌아왔다. 단단한 발음 대신 부드러운 리듬으로, 선명한 형상 대신 잔존하는 질감으로. 물은 그것이야말로 기억의 본래적 상태임을 아는 듯했다.

므네모시네는 이름을 붙이지 않고 오래 간직하는 기술의 이름이었다. 물이 되지 못한 채 떠돌던 문장들이 이 강에 닿으면, 천천히 스며들며 침묵의 문법을 익혔다. 강은 말이 없었으나, 말보다 더 오래 남는 방식으로 사라진 것들을 꺼내

주었다. 울음의 끝에서조차 누군가를 기억하려는 마음, 이미 사라진 것을 품은 채 살아가겠다는 다짐, 이름이 사라진 후에도 남는 손의 온도—그 모든 비언어적 충직함들이 이 강에서 부유했다.

누군가는 이 물을 마셨고, 누군가는 물가에 사발을 놓기만 했다. 어떤 이는 흘러간 이름 하나를 부르며 강을 응시했고, 또 어떤 이는 아무 말 없이 손끝을 적셨다. 기억은 붙드는 것이 아니라, 때로는 잠시 놓아두는 일이라는 걸 그들은 알았다. 그리고 놓인 것들은, 잊히는 대신 가라앉아 깊이 스며들었다. 그 스밈이야말로 이 강이 하는 일이었다. 기억을 되돌리는 것이 아니라, 기억을 감싸는 새로운 결을 부여하는 일.

레테가 '잊음의 은총'을 준다면, 므네모시네는 '기억의 윤리'를 되묻는다. 무엇을 잊고, 무엇을 남길 것인가. 누구의 이름을 먼저 부르고, 어떤 장면을 끝까지 품을 것인가. 이 강에서는 질문이 먼저였고, 대답은 마지막까지 유예되었다. 그 유예가 삶을 버티게 했고, 버틴 끝에 남은 단 하나의 말이 곧 '사랑'이었다. 말해지지 않은 사랑, 끝내 발화되지 못한 사랑, 그러나 사라지지 않고 구조로 남은 사랑. 므네모시네는 그 구조를 보존하는 강이었다.

기억은 때때로, 너무 오래 고여 있으면 고통이 되고, 너무 빨리 흘러가면 허무가 된다. 이 강은 그 중간 어딘가에서, 상처의 속도를 따라 기억을 천천히 옮겼다. 그것은 위로도 아니었고, 치료도 아니었다. 다만 각자의 속도로 애도를 완성하게 하는 '시간의 관용' 같은 것이었다.

므네모시네는 되새김의 물이었다. 다 지나간 줄 알았던 한 장면이, 다 사라졌다고 믿었던 한 사람이, 다 말한 줄 알았던 한 문장이—다시 느리게, 더 조용하게 돌아오는 곳. 이 강의 물은 늘 미지근했고, 그 온도는 '차마 잊지 못한 이들'이 마지막으로 붙들 수 있는 체온과 비슷했다. 어떤 사람은 그 물로 입술을 적시고 울었고, 또 어떤 사람은 말 없이 물을 바라보다 돌아섰다. 그러나 모두가, 그날 이후로 다시 문장을 쓸 수 있게 되었다. 그 문장은 대개 '그럼에도 불구하고'로 시작되었다.

므네모시네. 망각을 견딘 자들이, 다시 한번 사랑하기 위해 건너는 강. 누군가를 보내고도 끝내 놓지 못한 마음들이,

말보다 오래 머무는 방식으로 숨을 쉬는 강. 강은 흐르지 않았다. 기다렸다. 사라지지 않으려는 존재들이 스스로 천천히 흐르기를.

강가에 앉은 이들의 어깨 위로, 하늘에서 잔빛이 스며들었다. 그것은 울음을 멈춘 뒤에야 가능한 빛, 다시 이름을 부를 수 있을 만큼 회복된 숨의 밝기였다. 강은 그 밝기를 가만히 반사했다. 아무 말 없이. 기억은 여전히 말해지지 않았지만, 말해질 준비를 마친 얼굴들이 서로를 바라보며 앉아 있었다. 그렇게 이 강은 오늘도 말 없는 말로 흐르고 있었다. 말이 되기 전의 말, 사랑이 되기 전의 온도로. 그리고 그 온도는, 언젠가 다시 누군가의 들숨으로 이어질 것이다.

Epilogue

유영이 임신을 했다. 이번에는 달랐다. 입덧이 있었고, 배가 불러왔고, 태동이 느껴졌다. 병원에서는 건강한 여아라고 했다. 초음파 화면에는 분명한 형태가 있었다. 머리, 팔, 다리, 심장. 모든 것이 제자리에 있었다. 의사는 안도의 미소를 지었다. "이번엔 정상입니다."

정상. 그 단어가 이상하게 들렸다. 연꽃이 비정상이었던가? 그것도 하나의 생명이었는데. 다만 우리가 아는 형태가 아니었을 뿐. 유영은 그 생각을 말하지 않았다. 대신 조용히 배를 쓸어내렸다.

딸이 태어난 날엔 비가 내렸다. 창밖으로 빗줄기가 보였고, 그 너머로 강이 희미하게 빛났다. 아이는 건강했다. 울음소리가 컸고, 손가락이 작고 완벽했다. 민은 아이를 안으며 울었다. 기쁨의 눈물인지, 안도의 눈물인지, 아니면 그 모든 것이 섞인 눈물인지 알 수 없었다.

이름을 '수연'이라고 지었다. 물 수(水)에 연꽃 연(蓮). 너무 직접적인가 싶었지만, 그들에게는 그것이 자연스러웠다. 첫 아이의 흔적을 두 번째 아이의 이름에 새기는 것. 잊지 않겠다는 약속이자, 함께 살아가겠다는 선언이었다.

수연이 세 살이 되던 해, 유영은 딸을 데리고 강가에 갔다. 처음으로 함께 간 것이었다. 수연은 물을 보며 손뼉을 쳤다. "엄마, 물이 반짝여요!"

"그래, 햇빛을 받아서 그래."

"물고기도 있어요?"

"있을 거야. 깊은 곳에."

수연이 물가로 다가가려 하자 유영이 손을 잡았다. "조심해야 해. 물은 깊거든."

"깊으면 어떻게 돼요?"

유영은 잠시 생각했다. "깊으면... 다른 세계가 있어. 우리가 볼 수 없는 세계."

"거기 누가 살아요?"

"물고기도 살고, 물풀도 살고... 연꽃도 살아."

"연꽃이 뭐예요?"

유영은 딸을 안아 올렸다. 멀리 강 한가운데를 가리켰다. "저기 어딘가에 있을 거야. 물 위에 떠서 피는 꽃. 진흙 속에서 자라지만 더럽혀지지 않는 꽃."

수연은 고개를 갸웃했다. 세 살 아이에게는 어려운 설명이었다. 하지만 유영은 알았다. 언젠가 이 아이도 이해할 거라는 것을. 상실과 재생의 순환을, 떠남과 머묾의 리듬을.

민은 집에서 기다리고 있었다. 문이 열리자 수연이 뛰어 들어왔다. "아빠! 강에 갔다 왔어요!"

"그래? 뭘 봤어?"

"물이요! 엄청 많은 물!"

민은 딸을 안아 올렸다. 유영과 눈이 마주쳤다. 그녀의 눈가가 살짝 젖어 있었다. 민은 묻지 않았다. 대신 한 손으로 유영의 어깨를 감쌌다. 셋이 함께 창가에 섰다. 저 멀리 강이 보였다. 해가 기울어 물이 금빛으로 물들고 있었다.

그날 밤, 수연이 잠든 후, 유영이 말했다.

"오늘 강에서... 연꽃을 본 것 같아."

민이 돌아보았다. "정말?"

"확실하지는 않아. 멀리서 뭔가 보라색이 반짝였는데...
아마 빛의 장난이었겠지."

"아닐 수도 있어."

"그래... 아닐 수도 있지."

그들은 거실에 앉아 차를 마셨다. 텔레비전은 꺼져 있었
고, 시계 소리만 들렸다. 평범한 저녁이었다. 하지만 그 평범
함 속에는 그들만이 아는 깊이가 있었다. 상실을 통과한 사람
들만이 가질 수 있는 고요함이었다.

유영이 먼저 일어섰다. "자러 가자."

민이 따라 일어서며 물었다. "후회하지 않아?"

"뭘?"

"연꽃을 보내준 것."

유영은 잠시 생각했다. "가끔은... 안고 있고 싶을 때가 있어. 하지만 그건 내 욕심이지. 연꽃은 자유로워야 했어. 그게 맞았어."

침실로 가는 길에 수연의 방을 들여다보았다. 아이는 깊이 잠들어 있었다. 작은 숨소리가 규칙적으로 들렸다. 살아있는 소리였다.

시간은 계속 흘렀다. 수연은 자랐고, 학교에 들어갔고, 친구를 사귀었다. 평범한 아이였다. 가끔 물을 유독 좋아하는 것 빼고는. 수영을 배우고 싶다고 했고, 비 오는 날이면 창가에 서서 빗방울을 오래 바라보았다.

열 살이 되던 해, 수연이 물었다.

"엄마, 내 이름은 왜 수연이에요?"

유영은 딸의 머리를 쓰다듬었다. "물처럼 유연하고, 연꽃처럼 깨끗하게 살라고. "

"연꽃을 본 적 있어요?"

"있어. 아주 특별한 연꽃을."

"어디서요?"

"마음속에서."

수연은 이해하지 못한 듯 고개를 갸웃거렸다. 하지만 더 묻지 않았다. 언젠가는 알게 될 거라는 듯이.

그해 여름, 가족은 함께 절을 찾았다. 연못이 있는 오래된 절이었다. 연못 가득 연꽃이 피어 있었다. 분홍빛, 흰빛, 그리고 드물게 보라빛 연꽃도 있었다. 수연은 연못가를 뛰어다니며 환호했다.

"엄마! 이게 연꽃이에요?"

"그래."

"정말 예뻐요!"

민과 유영은 나란히 서서 연못을 바라보았다. 바람에 연꽃들이 살랑거렸다. 물결이 일고, 잎이 흔들리고, 꽃잎이 미세하게 떨렸다. 살아있는 것들의 움직임이었다.

민이 낮은 목소리로 말했다. "여기 있을 수도 있겠네."

"뭐가?"

"우리 아이. 이 중 하나로."

유영은 대답하지 않았다. 대신 민의 손을 잡았다. 손은 따뜻했고, 살아있었고, 지금 여기 있었다.

수연이 달려왔다. "엄마, 아빠! 저기 보라색 연꽃 봤어요?"

그들은 딸이 가리키는 곳을 보았다. 연못 한가운데, 다른 꽃들 사이에 유독 진한 보라색 연꽃이 하나 있었다. 멀어서 자세히 보이지는 않았지만, 분명히 거기 있었다.

"정말 특별한 색이네." 유영이 말했다.

"저거 하나만 왜 다른 색이에요?" 수연이 물었다.

민이 딸을 어깨에 올리며 대답했다. "가끔은 그런 거야. 모두가 같을 필요는 없으니까."

해가 기울기 시작했다. 연못에 노을빛이 번졌다. 연꽃들이 빛을 받아 더욱 빛났다. 물은 거울처럼 하늘을 담았다. 완벽한 순간이었다. 하지만 그들은 알았다. 완벽함이란 영원하지 않다는 것을. 그래서 더 소중하다는 것을.

집으로 돌아가는 차 안에서 수연이 잠들었다. 유영은 백미러로 딸을 보며 말했다.

"언젠가는 이야기해줘야겠지?"

"뭘?"

"모든 것을."

민은 고개를 끄덕였다. "때가 되면."

"언제가 때일까?"

"수연이가 물을 때. 진짜로 알고 싶어서 물을 때."

차는 강변도로를 달렸다. 창밖으로 강이 흘렀다. 저녁 빛
을 받은 물은 진주처럼 빛났다. 어딘가에, 그들이 보낸 연꽃
이 여전히 떠다니고 있을지도 몰랐다. 혹은 이미 다른 무언가
가 되어 있을지도. 씨앗이 되어 강바닥에 가라앉았거나, 물고
기의 집이 되었거나, 아니면 정말로 어딘가에 뿌리를 내리고
해마다 꽃을 피우고 있을지도.

그것은 알 수 없는 일이었다. 하지만 불확실함이 불안을
의미하지는 않았다. 그들은 배웠다. 놓아준다는 것이 잃는 것

이 아니라는 것을. 형태가 바뀌어도 본질은 남는다는 것을.
물이 구름이 되고, 비가 되고, 다시 강이 되듯이.

밤이 깊어갔다. 도시의 불빛들이 하나둘 켜졌다. 민은 운
전하며 생각했다. 첫 아이를 생각했고, 지금의 딸을 생각했
고, 그 사이에 있었던 모든 일들을 생각했다. 슬픔도 있었고,
기쁨도 있었고, 이해할 수 없는 신비도 있었다. 그 모든 것이
겹쳐져 지금의 그들을 만들었다.

유영이 라디오를 켰다. 조용한 음악이 흘러나왔다. 그녀
는 눈을 감고 음악을 들었다. 아니, 음악 너머의 것을 들었다.
물소리, 바람소리, 그리고 아주 멀리서 들려오는 것 같은 아
이의 웃음소리. 첫 아이의 것일 수도, 지금 뒷좌석에 잠든 딸
의 것일 수도, 아니면 그 둘이 섞인 것일 수도 있었다.

마치며

집에 온전한 흰티가 없다. 서랍을 열면 하양은 하양이되, 어디쯤엔 늘 미세한 검붉음이 눌어붙어 있다. 세제와 햇빛에 수차례 설득당한 뒤에도 끝내 빠지지 않는 잔색들. 소매 안쪽, 밑단 가까이, 옷깃의 안쪽 경계—피부가 오래 머물렀던 자리들에만 남는, 스스로의 흔적. 흰색은 기록을 너무 잘한다. 그래서 나는 대개 사건 뒤에 옷을 갈아입었다. 갈아입는다는 동사가 전부를 수습해줄 것처럼 믿고 싶었지만, 수습되지 않는 것이 있다는 걸 흰티는 가장 먼저, 그리고 가장 오래 알려주었다.

'자해'라는 두 글자를 나는 오랫동안 입 안에서만 굴렸다. 소리 내어 말하면 무언가 돌이킬 수 없을 것 같아, 혀 밑에 감추어 둔 채로만 살아냈다. 내가 빌렸던 것은 통증이 아니라 통제감이었다. 견딜 수 없는 것들 앞에서 내가 고를 수 있는 것 하나를 과장하는 방식. 그 과장 뒤에 남는 건, 늘 같은 풍경이었다. 세면대에 대충 헹군 자국, 수건에 번진 얼룩, 다음 날 빨래줄에 걸린 흰티 한 장. 그 장면은 습관의 풍경에 가까웠다. 습관은 무섭다. 이유가 증발해도 모양은 남아 있기 때문이다.

 나는 흰티를 버리는 법을 늦게 배웠다. 버리기 직전까지도 세탁기 앞에서 한 번 더 망설였다. 얼룩을 지우는 일과 나를 지우는 일이 겹쳐 보일 때가 있었기 때문이다. 결국 버린 것은 옷이 아니라 판단이었을지 모른다. 지워지지 않는 것을 지워야 한다는 강박을, 지워지지 않는 채로 두겠다는 어떤 체념을. 그 체념이야말로 내게는 살아남는 기술의 다른 이름이었다. 흰색이 더 이상 완벽할 수 없다는 것을 받아들이는 일, 그래서 하양이 흰색으로만 존재하지 않는다는 사실을 작게 사랑하는 일.

이 이야기를 쓰기로 마음먹었을 때, 나는 오래된 흰티들을 다시 꺼내어 보았다. 얼룩의 자리를 손끝으로 더듬었다. 한때의 선택이 남긴 지형도 같았다. 그 지도는 언제나 같은 곳을 가리켰다. 자기 자신으로부터 시작해 자기 자신으로 되돌아오는 폐곡선. 나는 그 폐곡선을 언어로 옮겨보고 싶었다. 자해를 '사건'으로 다루는 대신, 그것이 어떻게 하루의 윤곽을 깎아내고, 관계의 표정을 흐리게 하고, 나날의 리듬을 교란하는지―그러나 동시에 어떻게 어떤 사람을 이 세계에 묶어두는 마지막 끈으로 작동했는지―그 느린 변화를 장편의 호흡으로 견디고 싶었다.

그래서 첫 장편 소설은 반드시 그 말, 그 습관, 그 풍경을 통과해야 한다고 생각했다. 화려하게 감정을 소진하는 장면이 아니라, 얼룩이 마르고, 마른 자리가 다시 일상에 스며드는 그 긴 시간을 쓰고 싶었다. '자해'를 스펙터클로 소비하지 않으려면, 언어도 절제되어야 했다. 말이 앞서가면 장면은 뒤처진다. 나는 말보다 천천히 걷는 장면들을 택했다. 숨이 가빠질 때 숨을 설명하지 않고, 상처가 있을 때 상처를 정의하지 않고, 대신 그때 방 안의 온도와, 오전의 빛이 커튼에 박히는 각도와, 세 번째 헹굼물의 탁도를 적는 식으로. 얼룩은 그런 사소한 것들의 총합이었다.

물론, 어떤 얼룩은 타인의 얼굴에도 남는다. 함께 사는 사람의 표정, 잠에서 깬 아이의 눈가, 전화기 너머의 목소리. 기록은 나를 변호하지 않는다. 다만 나로부터 벗어난 결과들 앞에서 적어도 눈을 감지 않게 한다. 이 마침글을 쓰는 동안 나는 흰티 몇 장을 더 버렸다. 버림은 유죄의 고백이 아니라 새로운 시작을 위한 공간 만들기라는 것을, 이제는 조금 안다. 비어 있는 서랍은 작고, 그러나 선명한 결심처럼 보였다.

마침내 끝에 이르러 내가 배운 한 문장은 이것이었다. 결국 그럼에도 살아가야 한다. 오늘의 하루를 오늘의 크기만큼 감당하겠다는 뜻에서, 우리는 살아가야 한다. 남은 것은 살아가야 하고, 떠난 것은 보내주어야 한다. 이 말은 질서에 가까운 것. 삶과 죽음, 만남과 이별, 도착과 출발이 서로의 경계가 되어 주도록 자리를 마련하는 일에 가깝다. 남아 있는 우리가 해야 할 일은 남아 있음의 윤리를 배우는 것이고, 떠난 것에게 해야 할 일은 떠났음의 존엄을 돌려주는 것이다.

보내는 일은 잊는 일이라기보다는 그 고유한 이름을 더이상 끌어당기지 않는 방식으로 불러보는 일이다. 붙들던 손을 푸는 연습이자, 잡았던 손의 온도를 훼손하지 않는 연습이리라.

살아간다는 동사는 언제나 사소한 것들의 복수형으로만 변한다. 물을 끓이고, 설거지를 하고, 마른 수건을 갈아 걸고, 계절에 맞게 옷장을 조정한다. 채소를 손질하고, 오래 미뤄 둔 편지를 쓰고, 한 사람의 안부를 묻는다. 숨이란, 가만히 내쉬고 다시 들이쉬는 단순한 리듬으로 세워져 있다. 우리의 하루도 그 리듬을 닮아야 한다. 큰 약속이 아니라 작은 반복이 우리를 지탱한다. 그 반복 하나하나에 의미를 과하게 부여하지 않되, 그 반복을 성실히 수행하는 마음을 잃지 않는 일. 이 것이 남아 있는 자의 최소한의 품위다.

떠난 것을 보내는 일은, 부재를 몰아내는 일이 아니다. 부재가 하나의 방을 얻도록 허용하는 일이다. 집을 청소하듯 슬픔과 분노, 그리움의 자리를 비워 두고, 그 자리를 통과하는 바람을 탓하지 않는 일이다. 기억은 두 방향으로 흐른다. 한 쪽으로는 선명해지고, 다른 쪽으로는 흐릿해진다. 우리는 그

양쪽을 동시에 허용해야 한다. 선명함을 강요하면 과거는 현재를 삼키고, 흐릿함만 좇으면 현재는 뿌리를 잃는다. 보내는 일은 이 두 흐름을 억지로 거꾸로 돌리지 않는 태도다.

남은 것에 대한 책임은 살아 있음의 책임이다. 살아 있다는 말 속에는 돌봄과 배움이 같이 들어 있다. 더 늦지 않게 사과하고, 조급하지 않게 포기한다. 오래 쓰다듬고, 맞지 않는 것을 과감히 벗는다. 우리의 품에서 자라는 것들—관계, 일, 신념, 몸—을 적절한 빛과 물과 시간 속에 두는 일. 이 책임을 다하는 동안 우리는 스스로를 돌보는 법을 배운다. 자기 연민과 자기 방임 사이, 자기 관리와 자기 착취 사이의 좁은 다리를 하루에도 몇 번씩 오가며, 무너지지 않게 균형을 익힌다. 살아 있다는 것은 바로 그 곡예를 포기하지 않는 일이다.

삶은 슬픔을 철거하지 않고도 견고해질 수 있다. 견고함은 유연함에서 온다. 예상치 못한 균열이 생기면 우리는 거기에 이름을 붙이고, 그 틈으로 들어오는 빛을 허투루 흘려보내지 않는다. 의미를 서둘러 완성하려 하지 않고, 아직—아님의 시간을 함께 견딘다. 의미는 종종 사후적으로 우리를 찾아와, 우리가 이미 수행한 일상에 뒤늦게 제목을 붙여 준다. 그러니

당장은 제목 없는 하루를 살아도 좋다. 제목 없는 하루가 쌓여 문장이 되고, 문장들이 모여 한 권의 삶이 된다.

그러니 제목 없는 하루를 더 오래 견뎌도 된다. 제목을 붙이는 일은 대개 밤이 지난 뒤에야 가능했다. 새벽의 축축한 공기를 지나, 늘어붙은 피로가 몸에서 아주 조금 벗겨질 때, 어제의 행위를 어제의 이름으로 불러볼 수 있었다. 그제야 나는 깨달았다. 살아간다는 건 '지금'의 정당화를 서두르지 않는 태도, 설명 없는 시간을 한동안 통째로 맡겨두는 태도라는 것을. 설명은 나중에 온다. 때로는 설명이 오지 않는 날도 온다. 그런 날의 기록은 비어 있는 줄로 남고, 그 빈 칸은 더 많은 공기를 통과시킨다. 공기가 드나드는 집이 썩지 않듯, 빈 칸이 있는 문장은 쉽게 상하지 않는다.

어느 날은 흰티를 접는 일만으로도 충분했다. 소매를 마주잡고 접어 올리다가, 얼룩의 자리에서 잠깐 멈추었다. 그 정지에는 과거가 아니라 생활이 있었다. 얼룩은 시간의 물성에 가까웠다. 시간이란 늘 무언가를 새기고, 또 무엇인가를 지운다. 햇빛은 표면을 바래게 하지만, 바랜다는 말에는 손상과 보존이 동시에 들어 있다. 나는 '완벽' 대신 '견딤'을 수집하기로 했다. 견딤은 예쁜 말은 아니었으나 생활에는 어울렸다. 흰티의 앙상한 섬유를 따라가듯, 하루의 가느다란 결을 따라가며 나는 내가 여전히 살아 있다는 사실을, 너무 큰 소리 없이 확인했다.

나는 기다리는 법도 다시 배웠다. 불을 켠 주전자 위에서 물이 끓을 때까지의 시간, 세탁기의 헹굼 코스가 끝날 때까지의 시간, 어두운 복도에서 문이 열리기를 기다리는 시간. 기다림의 단위는 대개 작았다. 작은 단위로 쪼개진 인내는 생각보다 덜 잔인했다. 그 사이사이로 들어오는 미세한 기쁨들―젖은 컵에 맺힌 물방울, 창턱의 먼지가 한 줄로 정리되는 빛, 오래 묵은 책에서 나는 눅진한 냄새―이 모든 사소는 살아 있음의 자잘한 논거였다. 삶을 지탱하는 논거는 늘 조그맣고, 그래서 자주 무시되지만, 한 번 눈에 들고 나면 쉽게 잊히지 않는다.

보내는 일에 관해서도 나는 더 자주 연습했다. 연습은 형식이었고, 형식은 버팀목이었다. 이름을 한 번 불러주고, 한 번 침묵하고, 한 번 숨을 내쉰다. 그 순서를 유지하는 것이 전부였다. 아주 오래 전의 것들은 더 멀리 보내고, 아직 뜨거운 것들은 문턱에 잠시 눕혀 두었다가, 날이 선 감정이 무뎌지면 그때 조심스레 들것을 들어 옮겼다. 상실을 운반하는 요령은 무감각이 아니라 속도 조절에 있었다. 빠르게 지났어야 할 것들을 늦추고, 느리게 다뤄야 할 것들을 재촉하는 버릇에서 멀어질수록, 떠났음은 더 고유해졌다. 떠났음이 고유해질 때, 남아 있음도 비로소 덜 죄스러웠다.

나는 가끔 삶을 집처럼 상상했다. 집에는 쓰임이 분명한 방과 용도를 설명하기 어려운 공간이 공존한다. 설명되지 않는 공간이야말로 집을 집답게 만든다. 그곳에 우리는 때로 앉아 울고, 때로 아무것도 하지 않는다. 아무것도 하지 않는 일은 게으름이 아니라 회복의 한 방식이었다. 회복이란 사라진 자리와 함께 사는 법을 익히는 기술이다. 기술은 늘 손을 사용한다. 쓰다듬고, 어루만지고, 접고, 펴고, 닦고, 걸고. 손이 기억하는 동작은 마음이 잊은 언어를 천천히 되살렸다. 손이 먼저 알고, 마음은 나중에 따라오는 날들이 있다. 그 순서를 인정하자 비로소 내 삶은 조금 덜 뒤틀렸다.

흰티를 버리던 날들 사이로, 간혹 하나를 남겨두기도 했다. 남겨둔 것은 약속에 가까웠다. 다시는 같은 얼룩을 남기지 않겠다는 약속이 아니라, 같은 얼룩이 남아도 나는 계속 살겠다는 약속. 약속의 방향을 바꾸니 숨이 덜 막혔다. '다시는'이라는 강박은 종종 '다시도'라는 가능성을 빼앗았다. 인간은 반복의 동물이고, 반복은 실수도 포함한다. 실수와 함께 늙어가는 이 기술을 배운 뒤로, 나는 나를 덜 고발했다. 자기 통제의 과장 대신, 자기 돌봄의 소박함을 택하는 일이 가능해졌다.

당신도 아마 알고 있을 것이다. 어떤 날의 눈물은 말로 번역되지 않고, 어떤 날의 침묵은 누구에게도 배달되지 않는다. 배달되지 않는 침묵을 억지로 포장하지 않기로 결정하면서, 나는 조금 자유로워졌다. 모든 것을 의미로 전환해야 한다는 강요에서 풀려나자, 의미는 오히려 저절로 생겼다. 저절로 생긴 의미는 오래갔다. 오래가는 것들은 대개 조용했다. 조용함은 지속의 다른 말이었다. 지속은 대단한 목표 없이도 가능했다. 조금씩, 오래, 그게 전부였다.

언젠가 나는 마지막으로 남은 가장 얇은 흰티를 입고 거울 앞에 섰다. 거울은 거짓말을 하지 않았고, 진실도 과장하지 않았다. 그 표면은 모든 것을 있는 만큼만 반사했다. 나는 그만큼만 나를 견딜 수 있다고 생각했다. 그날의 나를 그날의 크기만큼 수용하는 일—그것이 내가 오랜 시간 돌아 돌아 배운 정의였다. 다음 날 아침, 그 흰티를 조용히 빨래통에 담그고, 세제의 작은 숟가락을 수면 위에 뿌렸다. 고요하게 퍼지는 원을 보다가, 나는 문득 안도했다. 얼룩이 지워지든, 남든, 삶은 계속될 것이다. 나는 그 삶에 동사로 참여할 것이다.

그러므로 이것을 끝맺음의 문장으로 남겨두고 싶다. 우리는 결국 그럼에도 살아가야 한다. 남은 것은 살아가야 하고, 떠난 것은 보내주어야 한다. 보내며 남고, 남으며 보낸다. 오늘의 크기로 숨을 쉬고, 오늘의 속도로 걷는다. 비어 있는 서랍을 한 번 더 열어 빛을 들이고, 닫힌 마음을 조금 열어 바람을 통과시킨다. 제목 없는 하루를 차곡차곡 쌓아 언젠가 제목으로 부를 수 있을 만큼 충분히 사는 일—그 시간의 겹침 속에서 우리는 더 이상 과거의 죄인도, 미래의 예언자도 아닌, 그저 현재형의 사람으로 남게 된다. 그것이면 족하다고, 오늘은 그렇게 믿어본다.

그리고 내일, 물을 올리고, 편지를 쓰고, 흰티를 말리고, 한 사람의 안부를 묻자. 그 작은 반복들로 삶을 다시 짓자. 무너지지 않도록이 아니라, 무너져도 다시 세울 수 있도록. 그렇게 우리는 계속 배워갈 것이다. 살아 있는 일의 느린 품위를.

익사연습

발 행 | 2025년 10월 30일
저 자 | 박정현
펴낸이 | 박정현
펴낸곳 | 오블리크
출판사등록 | 2025.01.31 (제2025-17호)
이메일 | mango040923@naver.com

ISBN | 979-11-991327-2-6 (03810)